Jean-Luc Héris

L'œil du cœur

Roman

DU MEME AUTEUR :

UNE VIE DANS LE NOUI, roman, 2009

Illustration couverture : Marie-Laure Héris

© 2009 Auteur Héris Jean-Luc
Éditeur : Books on Demand, 12/14 rond point des Champs Élysées, 75008 Paris, France. Impression : Books on Demand GmbH, Norderstedt, Allemagne.

Dessin, des seins, dessein, ou les contours de l'amour dans le rêve.

« Chut ! Ca commence ! »

L'OEIL DU COEUR

Pop, encore timidement et en discontinu, sautille sur place dans le couloir de l'immeuble. Même une caméra infrarouge ne capterait pas une âme sur le qui-vive dans ce cadre froid et sombre, alors Pop en profite pour se libérer totalement, en augmentant le nombre et l'amplitude des sauts ainsi que l'énergie engagée dans cette frénésie insensée.

Les tics les plus grotesques l'attaquent depuis les temps reculés de son quart de siècle ; il claque des doigts, il cligne de l'œil, il incline une épaule par saccades, il se racle la gorge à s'en faire mal, il contracte les sphincters de son anus des dizaines de fois par jour comme pour retenir un besoin !

Indépendamment de sa volonté et périodiquement les tics se relaient sur différentes parties de son corps et de différentes manières. Actuellement, c'est un sautillement qui le prend, qui « les » surprend, qu'il entreprend sous la contrainte d'un « manie tout » endogène.

Tiré à quatre épingles, il ferme à double tour la porte de son loft quatre étoiles. Le porte-clefs clinquant, de sa caisse quatre roues motrices sièges en cuir, cliquette avec les quatre autres clés qui l'accompagnent.

Pop ne descend pas les escaliers quatre à quatre car il a prévu, comme à l'accoutumé, une marge d'un quart d'heure d'avance pour le cas où un incident de parcours le retarderait, bien qu'il ne soit qu'à quatre minutes de son lieu de travail.

Sa vie est carrée. Carrément prévisible. La seule façon de froisser quelque peu son quotidien provient du caractère acariâtre qu'il trimbale.

Il dépose consciencieusement chacun de ses pieds sur chacune des marches qui accueille son pas, et dont il approfondit chaque jour la connaissance ; c'est presque une marque de sympathie pour des marques d'usures. L'ascenseur est un moyen qu'il dédaigne particulièrement car il ne maîtrise pas tous les paramètres de son fonctionnement occulte ; cette petite boîte suspendue par un bout de ficelle, à plusieurs mètres du sol, c'est la fortune du « pile ou casse » auquel il serait suspendu tous les jours ! Le seul fait d'imaginer le vide là-dessous lui donne le vertige ! Seul le vertige du pouvoir et de l'argent le dynamise. Son appétence en ces domaines est probablement un exutoire à un manque d'amour, d'affection familiale et extra familiale. Quelque chose comme ça !

Il n'est pas beau et ne s'en accommode pas. C'est même une tare qui lui pèse, notamment sur ses relations avec les femmes. Il en est maladroit. Il agit à l'inverse de ses intentions.

Les trois marches extérieures, qui donnent sur le parking de la résidence, sont autant de « repose-fesses » pour un certain Michel Jason, heureux comme un poisson dans l'eau quand le beau temps s'assied à ses côtés. Cet espace, c'est un peu son aquarium ouvert à tous les vents et à tous les gens qui le traversent, qui le visitent en coup de vent ; jamais d'argent ils ne versent ! Michel n'en demande pas. Sa liberté, aussi supposée soit-elle, n'a pas de prix.

Bien assis, il est ici l'unique représentant d'une espèce prolifique ; à juste faire bouger ses lèvres pour accompagner ce qu'il écoute, il s'apparenterait à un poisson carpe sans branchies branché en continu sur le secteur musical grâce à un de ces appareils portables qui vous chante un disque à haute musique rien que pour vos deux oreilles, en toute intimité. Cet environnement sonore, rapproché et sélectionné, est un bouclier pour supporter les chocs de toutes relations avec des personnes, et pour, exceptionnellement, prendre l'initiative d'un contact.

Quand il n'est pas en bas, sur ces marches extérieures, il vit en haut, dans une chambre de bonne.

Pour Michel Jason, Pop n'est pas un visiteur ; c'est un vandale !

Ce matin-là, pour cause de bonne humeur, Pop s'accorde un relâchement dans sa préparation. Cela entraîne un décalage dans le temps de deux minutes, qui est à l'origine d'une rencontre à laquelle se dérobe habituellement le malheureux Michel Jason. Pop n'en est que plus porté à un éréthisme et il s'approche, dans son dos, avec un sourire diabolique. Il lui arrache de la tête son casque chaudement fixé et le projette à ses pieds. Saisi, Michel Jason se meut instantanément d'un tour complet sur lui-même, brisant du coup, d'un pied, sa protection émotionnelle.

Quelques compacts disques glissent de son blouson et s'exposent à l'œil rapace de Pop. Celui-ci en ramasse un qui lui paraît intéressant et tourne les talons sur un autre qui, en un seul tour, n'aura fait que crisser avant de casser sous le poids de la méchanceté de cet homme.

Pop Chantonne : « Qu'il est chiant ce môme ! ».

A trente mètres de sa voiture, il brandit le boîtier de commande à distance pour déverrouiller les portes et percer les cœurs, serrés par la jalousie, des voisins de la zone pavillonnaire déjà armés de bêches ou de tuyaux d'arrosages.

« La jalousie » c'est ce qui apparaît à la pensée paranoïaque de Pop, mais en réalité, le seul regard que ces gens portent sur lui est empreint de pitié tant il est pathétique dans sa fierté.

Cette fierté est d'ailleurs sérieusement ébranlée lorsqu'il ne peut retenir, malgré toute sa concentration pour calmer ses nerfs, et alors qu'il s'apprête à tirer sur la poignée de la porte, un sautillement qui le ridiculise tellement aux yeux de la galerie qu'elle en pouffe de rire, qu'elle en étouffe son plaisir.

Après l'avoir saisie, il lâche vivement la poignée pour tenter de sauver la face en faisant croire qu'il s'est coincé un doigt et en l'enveloppant dans son autre main, comme pris par une douleur qui l'incite à effectuer de petits sauts réflexes. Il n'a fait qu'empirer les choses en rajoutant la gaucherie à la bizarrerie déjà constatée.

Le voisinage :

« Qu'il est ridicule ! »

« ...en plus de sa méchanceté, tu veux dire ! »

« Ouais ! Il a le diable en lui ! »

« Vous dites vrai ! Ses tics, je suis sûr que c'est l'extériorisation d'un démon qui le possède ! »

Si Michel Jason s'enferme dans sa chambre, pour la journée, avec ses nombreux amis immobiles et à poils doux, Pop ouvre, à battements de paupières espacés et nerveusement appuyés, cet œil luisant d'un chancre qui devrait détruire son insignifiant reste de joie de vivre tant qu'augmentera l'importance de sa fonction au sein de la société qui l'emploie ; tant que l'argent s'amoncellera dans ses épargnes aberrantes qui ne le prémunissent pas, loin s'en faut, contre l'infortune.

« Qu'est-ce qu'elle lui veut, elle ? »

L'ŒIL DU CŒUR

Ce soir-là, Pop finance l'approvisionnement de son gosier. Isolé dans sa houle, esseulé dans la foule, dans une boîte de nuit, il boit et boit encore.

Une fois bien éméché, il invite une jolie fille à s'accouder au bar avec lui. Elle refuse. Il tente sa chance avec une autre, puis une autre. Il se résout enfin à entrevoir avec plus de modestie les physiques plus en harmonie avec le sien. Mais les invitations restent sans acceptation.

Peut-être n'est-ce pas une question d'apparence corporelle, mais plutôt de séduction ? Question lucidité, il n'en est pas là ! Et chaque refus est une occasion de plus pour ingurgiter quelque alcool supplémentaire, lequel déjoue toute tentative nouvelle et irraisonnée d'arraisonner ces sirènes de l'amère soif de sexe dont il n'a même plus conscience tant le tangage lui fait rendre floues les fesses qui le narguent sans cesse dans leur mouvement de roulis.

Vient alors la violence ! Elle le prend par l'épaule. Une main lasse posée là par erreur, et Pop se retourne rudement, la bouche molle et l'œil mauvais. Son poing cogne, une, puis deux fois, il ne sait pas quoi. Deux minutes après, il est éjecté par deux molosses à queue de cheval et à force de taureau.

Il se relève face à eux, sans vraiment le savoir. Par malchance, son sautillement lui revient à ce moment précis, lui donnant l'attitude d'un boxeur au combat...

L'un des videurs tapote sur l'épaule de son collègue :

- « Hé ! T'as vu, il nous défie ? »

Et un direct, partant de cette même épaule, étale Pop une seconde fois.

Son œil droit rougit.

Il traîne une heure par les rues et se retrouve nez à nez, plus précisément nez à « rend la monnaie » (Inscription figurant sur la machine) devant un distributeur qui n'a pas le cœur à donner ; seulement à vendre.

Pop n'y voit pas le café que son organisme réclame. Son choix se reporte sur une boisson quelconque, mais sa poche réservoir est vide de munitions monétaires. En colère, il tâtonne les autres sans plus de succès.

Un vieil homme en haillons apparaît de derrière la machine en lui présentant un chapeau retourné contenant quelques pièces. Pop, dédaigneux, crache à ses pieds et s'en détourne. Le vieil homme secoue le chapeau pour entrechoquer les pièces et attirer l'attention de Pop. Celui-ci y répond et l'observe plus attentivement. Le plus remarquable, et abominable dans l'idée du manque, est son œil crevé et laissé à vue. Ce moins dans la vision est-il un plus dans la générosité ? En effet, son œil valide invite Pop à diriger sa difficile concentration vers l'intérieur du chapeau.

Malicieusement, Pop retourne les poches de son pantalon vers l'extérieur de celui-ci, et affecte une affliction en tenant la pointe de ces drôles d'oreilles sortant de ses cuisses.

Le vieil homme insiste, de la voix cette fois : « Tiens, prends ce qu'il te faut ! »

De cette façon, Pop comprend et prend avec circonspection sans le moindre signe de remerciement.

Il lâche ensuite un « Han... », traînant et légèrement étouffé, où se mêlent un peu d'incompréhension et beaucoup de satisfaction, en même temps qu'il lâche la pièce dans la fente.

Avec autant de difficulté qu'il en a éprouvé pour mettre la main sur cet orifice, il tapote le code sensé correspondre à la boisson choisie. Les épaules tombant autant que ses paupières, il attend un certain temps. Un temps qu'il n'est pas en état d'évaluer. Las de languir, il largue sa patience et son espoir d'obtenir quoi que ce soit. Il tourne le dos à l'appareil et, avant de partir, tel un

canasson, lance une ruade dans celui-ci, ses coudes hargneux suivant le mouvement du pied. Il met, de ce fait, un terme à son supplice. Il se défait de cette posture et s'en va chercher son chemin pour chez lui.
Dans son amorce de départ, il se rappelle le vieux borgne. Alors, sans couper son élan, il se dévisse le cou et lance méchamment, en se moquant, quelques clignements d'œil à l'aveuglette, le menton pointant, de façon désordonnée, par-ci, par-là, par en haut, par en bas.
Le vieil homme, sans expression aucune, porte une touche supplémentaire sur le clavier, et récupère la boîte à liquide sortie de son trou.

Incapable de se repérer, Pop profite de ce qu'une borne lui fasse obstacle pour s'y reposer.
Les fesses sur la suivante, une vieille femme l'observe du coin de l'œil ; du coin de son œil en bon état ! L'autre, le gauche, ne voit plus directement ni l'endroit ni l'envers de cet homme qu'un destin a pris à revers. Elle se redresse sur ses jambes frêles et s'approche de Pop pour qui elle reste encore invisible. D'une voix chevrotante, quelque peu inquiétante :
- « Ne refuse pas la bonté qui est en toi. Regarde ! Quelle beauté ! Regarde-la profondément et tu ne souffriras plus ! »
Une voix de l'au-delà ? pense la tête baissée de Pop qui, tout de suite, n'a pas la force de la relever, ni d'ouvrir les yeux.
Quand il y parvient enfin, pas un être vivant ne couvre les centimètres carrés des pavés d'où aurait pu provenir le message. Mais à quelques mètres de là la vieille femme est rassise sur une bitte de mouillage ; de celles où l'on vient se faire prendre par un océan de mélancolie ; où l'on vient répandre les larmes d'une blessure ; où l'on vient attendre la providence, ou que s'écoule le temps tout simplement. Et si, au pire, c'était pour pécher...
Pop la voit et suppose que c'est elle qui lui a parlé. Il s'en approche, puis la dévisage autant qu'il peut, le cou tordu

comme celui d'un pigeon, avant de l'agresser dans une élocution trépidante et enrichie par l'inspiration d'un cerveau désinhibé par l'alcool :

- « Vieille folle ! Vieille illuminée ! Qu'est-ce que tu peux bien voir avec ton œil ? Une borgne, sur une borne, qui me lorgne, ça me met en rogne ! Va-t-en donc ailleurs donner tes conseils et prier ton dieu de merde ! »

- « Cela n'a rien à voir avec Dieu. C'est de toi que je parle. De ton moi, plus que de ta foi. »

- « Si tu vois tout, tu vois bien ma laideur ! Regarde la tête que j'ai ! »

- « Je ne vois que ta laideur intérieure. Toi, tu me vois telle que je t'apparais : visible, vivante, vilaine et vieille. Je suis l'espoir dans lequel tu dois puiser toute l'énergie qui te sauvera du monde que tu connais. Plus je vais habiter tes pensées, plus tu vas connaître les miennes ; et nous allons nous confondre pour allumer des flammes dans les cœurs. »

Il n'a rien compris. Son esprit est engorgé. Il éclate en sanglots. Il s'affale sur les pavés. Elle lui relève le menton avec deux doigts et l'effleure affectueusement de la main droite sur le visage.

Il se rebiffe, repousse la main d'un coup de joue, et s'écorche la voix dans l'oreille de la vieille : « Laissez-moi en paix ! »

Précisément, il a pensé le faire...

Il n'a effectué, en fait, aucun geste de défense ! Il n'a pas même couiné !

Il s'est senti anesthésié à tout autre endroit que son cerveau. Il a été incapable d'en exécuter les ordres.

La vieille continue, par contre, ce qu'elle a amorcé, en l'enrichissant d'une douceur irrésistible. Elle lui fait don d'une caresse, du front à la joue en passant par l'œil gauche. Une deuxième fois (comme pour bien soigner le travail), il se laisse faire, du front à la joue en passant par l'œil gauche.

« C'est bizarre, ça ! »

L'ŒIL DU CŒUR

Le lendemain, grâce à ses relations, Pop obtient une consultation pour le matin même chez un chirurgien esthétique. Un de ces chirurgiens plus animés par l'accumulation de capitaux que par une démarche honnête.

L'intervention spirituelle de la vieille inconnue de la veille l'incite à accélérer son plan d'intervention chirurgicale, dont il rêve depuis si longtemps. Il voudrait modifier les nombreuses imperfections de son visage. Il voudrait changer de tête pour donner le change, demain, à celles qui, aujourd'hui, se détournent de lui.

Ils fixent assez rapidement le jour de l'opération à dans quelques semaines, et Pop se rend à son travail, exceptionnellement en début d'après-midi, paré de lunettes de soleil qu'il garde dans les bureaux sans savoir pourquoi, ce qui excite la curiosité de ses collègues, dont il se défait astucieusement.

Il participe ensuite à une réunion des cadres de l'entreprise, ayant pour objectif la mise au point d'une stratégie de concurrence déloyale. Il excelle dans cette spécialité. Il prend la parole plus qu'à son tour. On pourrait croire qu'il porte déjà les coups aux adversaires tant il gesticule pour accompagner ou préciser ses propositions. Mais soudain, alors qu'il déblatère contre leur plus sérieux concurrent, une douleur à la tête le contraint à quitter l'assemblée.

Il s'isole dans les toilettes, pose ses lunettes, s'assied sur la cuvette, et calme la tempête en se massant les tempes. Il trouve un calme plâtreux, comme son teint, qui se lézarde rapidement jusqu'à entrevoir une fièvre de derrière les fagots. Il se frotte les yeux de plus en plus fort et tandis qu'il modère son action sur le droit il l'accentue sur le gauche. Il fait l'effort de s'avancer vers le lavabo, ouvre le robinet d'eau froide et s'asperge le visage. Son œil lui fait horriblement mal et il n'arrive plus à l'ouvrir. Malgré cette torture, il le triture pour approfondir l'examen. Il parvient à disjoindre les paupières et, horreur, bouleversement, il assiste dans le miroir au retournement total du globe oculaire dans sa cavité.

La stupéfaction, devant le surnaturel de ce phénomène, occulte en partie la douleur, mais elle se fait ressentir rapidement et Pop, lui-même tout retourné, recule mollement pour se rasseoir. Malheureusement il rate la cuvette d'aisance qui l'avait si bien accueilli précédemment.

Une jeune femme, ayant pris congé elle aussi un instant pour un besoin urgent et inhérent au sexe féminin, entre dans ces toilettes... pour dames ! Sa réaction première, en voyant un homme dans ce lieu réservé aux femmes, est un recul. Mais, le voyant au plus mal, elle se penche pour lui tendre, la main sur le cœur et le cœur tendre, la main pour lui venir en aide, la main pour l'aider à se relever.

D'instinct, Pop, frondeur, possédant encore sa personnalité mais se sentant possédé et monstrueux, pousse un grognement bestial, repousse cette aide amicale et dévoile, l'œil torve, cet œil qui vient de lui jouer un mauvais tour. L'autre œil, au contour bleui, contraste et rajoute à l'impression. La jeune femme étouffe un cri et repart meurtrie, en reculant lentement, crispée, choquée, une urine sanguinolente dégoulinant sur ses cuisses.

Une image fugace traverse Pop : La vieille femme, cette sage, cette folle, se penche avec miséricorde et lui répète :
- « Ne refuse pas la bonté qui est en toi. Regarde ! Quelle beauté ! Regarde-la profondément et tu ne souffriras plus ! »

Il la chasse en secouant la tête. Du même coup, miracle, il replace involontairement son œil ! Du fait, il va vite s'assurer, dans le miroir, de ce qu'il vient de ressentir.

Son cou, en contorsions, éloigne rapproche ou penche sa trombine pour fignoler le constat. Miracle assuré ? Sursis ? Fin du cauchemar ? Il se regarde droit dans les yeux, et ça, c'est sûr !

Un coup d'œil à droite, un coup d'œil à gauche, il sort discrètement, et ahuri, de cette boîte à urinoirs. Il sautille un peu avant de fuser dans le couloir, et il rentre directement et rapidement à son appartement.

L'ŒIL DU . Œ . R

« **On va la revoir, la métisse ?** »

L'ŒIL DU . Œ . R

En soirée, il rejoint son ami Lilian dans un café. Un avocat sans état âme, qui n'hésite pas à se faire avocat du diable et consorts et qui, dans ses loisirs, joue le joli cœur et embobine, déformation professionnelle oblige et belle gueule exige, les nombreuses filles avec lesquelles il sort.

Il est accompagné d'une ravissante mulâtresse dont la beauté saute aux yeux de Pop. Des yeux dégagés car il a oublié ses lunettes, des yeux qui s'excitent, qui bafouillent leur langage langoureux. Ils clignent anarchiquement. Ils clignotent car c'est alarmant. C'est alarmant pour cet homme au cœur de pierre de sentir qu'une porosité, insoupçonnée jusque là, peut permettre d'absorber l'essence même d'un être inconnu et faire de lui une chiffe molle en moins de temps qu'il n'en faut pour dire : « Je suis sûr de t'aimer. »

La fille lui trouve un air louche et redouble d'attention pour ne pas se faire avaler toute crue. C'est alors, Lilian remplissant flegmatiquement son verre, qu'elle ne comprend pas ce qu'elle voit. Déjà Pop se lève et se retourne en se cachant une partie du visage de la main et dit à Lilian d'une mollesse qui se voudrait discrétion : « Je peux te parler en tête à tête ? ». Derechef, Lilian verse quelques doigts supplémentaires de whisky dans son verre qui ne cherche pas à comprendre, puis il dit, directif, à sa compagne Maïna qu'elle doit les laisser discuter tous les deux d'une chose qui ne la regarde pas, qu'il la rappellera un de ces quatre.

Alors que Pop, redoublant de nervosité, sautille sur place, Maïna, décontenancée, en reste muette ; d'autant qu'elle s'apprêtait à poser deux ou trois questions, tout en tact, pour y voir plus clair sur le cas de ce Pop et de son œil. Elle remarque le comportement bizarre de Pop (qui lui rappelle celui d'un gamin capricieux) qui semble pressé qu'on adhère à sa requête.

Décidée à ne pas se laisser marcher sur les pieds, même si Lilian n'esquisse pas un mouvement, elle réagit : « Occupe-toi de ton môme débile et ne compte plus sur la poupée de chiffon pour te faire reluire. Je vais juste m'effacer pour aller dégobiller le foutre que tu voudras certainement que j'aille me faire mettre lorsque j'aurai quitté les lieux. »

Il n'attend même pas cela : « Va te faire... »

Le dégorgement est proche. Et au moment où s'amorce une véritable engueulade dans la continuité d'un verre déversé sur le versant du pantalon de Lilian, du côté où sa flèche intime indique ses pieds, l'œil de Pop fait encore des siennes. Pop, affolé par une douleur plus intense que les autres fois, se prend la tête à deux mains et retourne chez lui.

Dans l'empressement il n'a pas fermé la porte à clef et Lilian se retrouve aussi dans la chambre peu de temps après.

Il vient s'agenouiller près d'un Pop encore tout tremblant, couché au sol dans la position du fœtus.

- « Mais que fais-tu ? » S'exclame Lilian.

- « Maïna est partie ? » Questionne Pop sans s'ouvrir plus que ça.

- « Oui. C'est une garce. »

- « C'est à cause de moi, tout ça ! »

- « Ne t'inquiète pas, elle reviendra. Au pire, dans le cas contraire je piocherai dans ma liste pour la remplacer rapidement. »

Pop s'alourdit, plein de peine et d'appréhension :

- « Et... c'est un bon coup ? »

- « Un super ! Souviens-toi l'hiver dernier, la fille que je t'ai prêtée pour te remonter le moral... et le reste ! Elle est de cette trempe. Une mise en bouche de première. Pas de première main... ah, ça non ! Et puis, docile au bon moment, chienne au quart de poil, et sans un poil sur le minou ; une vrai bombe à tout faire sauter. Ce qu'elle ne se gêne pas de faire puisqu'elle est bi ! Bisexuelle, biplace, bi-bande, et parfois bizarre et biscornue (il ponctue cette énumération par des petites expulsions d'air par le nez, façon sarcastique de rire). J'espère avoir l'occasion de te faire essayer Maïna un de ces jours pour te remettre les idées en place. C'est un bon remède. Regarde-moi. Je ne suis pas là à me rouler par terre, moi !

Mais il est soudain surpris :

- « Oh ! Mais que... Que t'arrive-t-il ? Tu dois voir un docteur immédiatement ! »

- « Je me sens très bien, en fait. Et c'est bien ce qui m'inquiète. »

L'ŒIL...Œ..

« J'étais sûr qu'il ferait ça ! »

L'ŒIL...Œ..

Le lendemain, un bandeau lui fend la face en diagonale, à la façon d'un pirate.
Tout en prenant un air matinal vivifiant, il se présente ainsi sur son balcon à la vindicte publique.
Sur des ponts entre bouches et oreilles se bousculent les commentaires des mégères :
« Vous avez vu ? C'est le Bon Dieu qui l'a puni ! »
« Quelqu'un a dû lui mettre une bonne raclée. Il sera peut-être plus aimable maintenant ! »
« C'est bien fait, ce qui lui arrive. Il nous regardera de moins haut avec ça ! »
« Il l'a mérité. Il est tellement méchant ! »
Alors qu'il profite du spectacle de la rue, qu'il dévore de son œil au beurre noir le parc verdoyant, qu'il perçoit comme jamais auparavant le piaillement des piafs, qu'il vole une parcelle de ciel pour éveiller son cerveau lent à toutes ces merveilles, il se sent poindre des ailes mais n'a plus ce besoin de décoller simultanément et nerveusement ses pieds du sol.

A l'étage inférieur, Lilian est réveillé par un cauchemar. Dans celui-ci il avait défendu un homme politique pédophile. Lors de la séance il avait interrogé une des victimes, un enfant de dix ans, et comme il ne l'avait pas mis en défaut, malgré tout son talent, il s'était approché de son tympan pour le faire vibrer sourdement aux désaccords de ses cordes vocales pincées par un esprit escobar :
- « Le monsieur s'excuse, tu sais ! Il ne te voulait
pas de mal, il se voulait juste du bien ! Il ne recommencera jamais avec toi, c'est promis ! Et puis, si tu

dis qu'il n'a rien fait, il te donnera beaucoup d'argent et tu pourras t'acheter beaucoup de sucettes. »

L'enfant, la tête inclinée vers l'avant, le regard en dessous noir braisé, avait passé une langue goulue sur ses lèvres rosées. Puis il avait abandonné le maintien de sa mâchoire inférieure afin que s'extirpe du plus profond de sa gorge une langue épaisse. Une langue longue. Une langue sèche et râpeuse qui a fait taire sur-le-champ la langue de vipère de Lilian. Elle s'était dressée telle un serpent préparant son assaut fulgurant et avait percé, sans coup férir, l'œil de Lilian. Elle n'en était pas restée là. Elle s'était prolongée encore. Elle s'était transformée en un sexe monstrueux qui s'était raidi et s'était balancé pesamment au-dessus de l'assemblée avant de s'immobiliser gland contre « glandes remontées dans le cou » du pédophile médusé. Il n'en était pas resté là, ce sexe ; utilisant l'orifice de son urètre comme une bouche, il avait articulé « Tu me fais vomir » et il avait éjaculé son sperme sur ce coupable qui s'était débattu dans cette substance gélatineuse avant d'y étouffer finalement.

Découvert, nu au milieu de son lit, couette et oreiller en fouillis sur l'épais tapis, Lilian tient son œil fermé d'une main plaquée. Il est à présent, comme à la barre du tribunal, devant le lavabo. Ce rêve horrible avait-il accompagné une transformation du style de celle de son ami ? Il se demande si la vérité est ailleurs et il s'amende par une claque magistrale lui procurant le courage de faire glisser l'autre main jusqu'à la pointe de son œil en amande pour en libérer l'ouverture. Le verdict lui est favorable. Il est libre. Il y voit clair. Il y a échappé. Il doit faire au mieux pour tirer des enseignements de ce cauchemar ubuesque révélateur de ses sombres dispositions ; trop enclin à ne défendre que la pègre pour se faire une image de provocateur arrogant aux yeux des médias, et s'attirer de la sorte une clientèle fortunée capable de corrompre témoins, jurés et procureurs.

Pop marche. Pop observe. Pop s'installe en terrasse à la table d'un café.

Pourquoi un bandeau ? Une paire de lunettes eût été plus logique, plus facile à porter ! Pop ne s'est pas posé la question. Ce choix s'est imposé naturellement, comme un signe de reconnaissance obligé. Il est celui-là, sachez-le !

Son œil s'abandonne à la douceur. Il est comme cet enfant qui s'émeut en voyant un chiot gambader mollement, fléchir sur ses pattes frêles, mordre le bas du pantalon de sa maîtresse, s'enrouler la laisse autour du corps et, mi-amusé mi-énervé, essayer niaisement de s'en sortir.

Pop se sent comme incarné par ce petit chien heureux et inconscient mais il s'émeut à nouveau, devant un homme titubant, le pantalon mouillé de ses propres selles et urine, et serrant dans une main moulée à cet effet le goulot d'une bouteille de vin rouge bon marché.

L'Homme s'affaisse et se stabilise au sol dans une position transitoire, assis sur son postérieur et sur la tranche d'une cuisse, les deux jambes jointes et pliées, le buste soutenu par son bras tendu, lui-même maintenu par sa main nue mais comme revêtue d'un antidérapant.

Sa tête penche vers l'avant, et les poils clairsemés de celle-ci, échevelés et gras, tombent de leur longueur front nez sur sa peau vieillie par un duo de connivence alcool et intempéries.

Est-ce l'ensoleillement du temps, est-ce son état éthylique, sont-ce ses quelques cheveux indisciplinés qui l'empêchent de voir le chiot échapper à sa maîtresse et bondir dans sa direction pour le chahuter, tout excité et incité à rejoindre ce compagnon de jeu juste émergé du fleuve de goudron et plus accessible par sa taille et son immobilité que tous ces grands slalomeurs chronos en mains qui foulent leur « ennemi temps » sans même prendre une pause ?

Le chiot s'attaque d'abord aux mailles du pull, en bordure, sans déclencher la moindre réaction de la part de son partenaire. Puis il lui mordille une manche, lui faisant lâcher sa bouteille et déverser son contenu au sol. Deux coups de langue sur le liquide, deux longueurs de recul, et deux degrés supplémentaires dans son sang surchauffé qui lui monte un peu plus à la tête pour reprendre ses pitreries de plus belle et se jeter de tout son petit poids sur le buste de l'homme. Celui-ci bascule en arrière, maugrée contre cet indésirable et tente de le repousser. Ou plutôt, il imagine, confusément, l'intention qu'il aurait pu avoir...

Le chiot a donc tout le loisir de revenir à la charge et de s'attaquer cette fois directement au charnu d'une lèvre incompétente qui n'a pas su montrer les dents pour le faire fuir. « Bon sang ! » Gronde le bougre, très justement, de sa gorge profonde, alors que le sang abonde sans qu'il s'en rende compte.

Son tempérament sanguin se manifeste enfin ! Il pose ses mains au sol pour se relever et l'une d'elles se referme sur le goulot qu'elle entraîne dans le premier tour sur lui-même de l'homme qui en enchaîne un second et ainsi de suite formant de telle sorte un tourbillon dévastateur, une tornade grise dont s'échappe l'objet de verre précité qui vient percuter la caboche du chiot qui avait pris ses distances par couardise. Quoi qu'on en dise, s'il le vise, dans son état, il le rate. Alors quoi ? C'est la faute à pas de chance, n'est-ce pas ?

C'est plutôt la faute à fallait pas ! D'après la maîtresse de ce petit bout qui se fait encore plus petit, gémissant tout ce qu'il sait.

Le cône de vent est tombé mais la femme, en vengeresse gonflée à bloc par cette tentative de « canicide », arrive en bourrasque. Ses coups de pieds en rafales tentent de ranimer cet homme afin qu'il ressente bien la correction qu'elle lui inflige, puis, éventuellement, s'il n'a pas bien compris la leçon, elle lui soufflera dans les bronches.

Les talons, tels des météorites, ont fait de ce crâne un paysage lunaire.

Pop, passif, a patiemment attendu. Comme si sauver un homme en tant qu'unité, en tant qu'individualité, n'était pas une priorité, voire même, comme si c'était négligeable. Ce qu'il découvrait en lui avait des proportions globales et il ne pouvait s'inquiéter d'un cas isolé que dans une optique générale.

Il se dirige enfin vers le trio infernal, en slalom entre quelques diables hautains qui ont ralenti leurs pas pour se délecter, pour assouvir leur vice vers ça, vers ces misérables « excrémenteux » livrés en pâture à leur folie et à celle des autres.

Il s'inquiète d'abord des plus vigoureux. Avantage à la vie. Il s'agenouille auprès de la femme en larmes, accroupie, qui réconforte son chiot autant qu'elle se satisfait de s'être défoulée. Elle en avait vraiment besoin ces jours-ci !

Pop la regarde fixement mais elle l'ignore un instant tant son attention est accaparée par la santé de son « gros bébé ». Une fois l'instant passé, à regard insistant regard questionnant ! Dans cette entrevue dont la volubilité n'a de valeur que dans la velléité de l'affrontée et la volonté du tentateur de vaincre sans vilenie, elle n'a pas à perdre son regard en un point indéfini au centre du visage ou à le balancer d'un œil à l'autre puisque après avoir remarqué le bandeau protégeant l'un il ne lui reste plus qu'à fixer l'autre.

Tout est dit dans cet œil, et elle y entend « Laissez-moi faire. Vous avez autant besoin de caresses que votre chien, et ainsi vous agirez toujours avec correction même envers vos agresseurs. » Elle répond par des yeux plissés par la perplexité, mais elle succombe à ce magnétiseur.

Sur cette place qui grouille de gens, un ralenti sur image troublante s'impose dans cette séquence.

Alors qu'il occupe le chiot en se faisant croquer la main gauche ; Pop passe avec une essentielle délicatesse sa main droite sur le visage de cette femme, du front à la joue en passant par l'œil gauche. Comme si elle se libérait de son emprise, elle réagit tardivement et violemment en le déséquilibrant d'un senestre revers de la main. Puis elle devance le petit animal en s'engouffrant dans le flot effrayant des automates et des automobiles.

Rien d'extraordinaire dans l'immédiat mais Pop sait bien que ce n'est pas tout à fait le moment !

Il est déjà en place grâce à la gifle, la giroflée pommée qui a rectifié sa position d'accroupi à couché, car il se trouve près d'une des faces éclairées de l'homme au destin lunaire. Il n'a plus qu'à lui administrer « manu amoureusement » une dose de sa surproduction cardiaque.

L'homme est dans un état comateux. Pop l'examine sommairement sans envisager une quelconque réanimation, mais en supposant qu'il puisse survivre. Face à une telle contingence, sa conscience l'invite à ne jamais négliger l'espoir, à agir avec un optimisme aveugle. S'il meurt, tant pis ! S'il vit, il sera converti.

Devant des vagues de passants ébahis à la fraction de seconde chacune, de sa main droite il caresse l'homme, avec une essentielle délicatesse, du front à la joue en passant par l'œil gauche. Rien ne se passe là encore mais Pop sait bien que ce n'est pas tout à fait le moment !

Il se lève ensuite et se dirige chez lui.

Alors que nul ne s'intéresse vraiment à ce tableau abandonné dans lequel un personnage est représenté façon nature morte et peint avec une technique un peu particulière d'aquarelle où l'alcool et l'urine se substituent à l'eau, un crissement suivi d'un fracas freine quelques dizaines de passants. Ils sont bien plus sensibles à un accident spectaculaire et ils s'agglutinent pour s'inspirer des tôles froissées, des véhicules endommagés et de leur position, afin de recomposer une action au plus près de la véritable par l'intermédiaire de leur imagination.

Et puis, le résultat de cet autre tableau est autrement fascinant avec toutes ces couleurs, notamment un rouge abondant avec son éclat principalement dû aux éclats de verre, son style cubiste, remarquable par son enchevêtrement d'angles droits et maladroits et dans lequel style peu de figures sont encore reconnaissables !

Il n'en fallait pas plus pour se faire remarquer par les « va autour », ces vautours urbains.

Pendant ce temps, à quelques rues de là, sur les marches d'une église, une femme alterne haltes et rampements en hurlant, jusqu'à ce que la douleur la terrasse. Elle se repent, elle se répand, elle a peur, et son chiot qui tire sur la laisse a peur aussi de la détresse de sa maîtresse... Voilà, ça commence !

En revanche, sur la place, l'homme garde sa station lunaire jusqu'à ce qu'une bonne âme ou une équipe de nettoyage le remette en terre. Simple retour aux sources d'un astre tellurique !

L'Œ . . . . . Œ . .

« Revoilà Maïna ! J'te l'avais dit !
Une sacrée nana, celle là ! »

L ' Œ . . . . . Œ . .

Maïna gagne sa vie dans un peep show. En ce début d'après-midi elle s'y rend pour commencer sa journée de travail.

Le magazine, qu'elle feuillette à l'arrêt de bus, de son fond blanc reflète la lumière intense du soleil vedette qui l'oblige finalement à prendre ses lunettes.

Pop, profitant encore de sa luxueuse voiture mais dorénavant dans un esprit de locomotion, traîne dans la ville à la rencontre hasardeuse des plus nécessiteux de son aide.

C'est elle ! Lui semble-t-il. Sur le même trottoir que le côté de chaussée où il roule, une doublure de Maïna derrière des lunettes cachottières s'amuse à malmener son cœur amoureux.

Il ressent l'envahir un trac qui lui présente ses idées en vrac. Laquelle choisir ? Que faire ? Continuer comme s'il s'était trompé ? Faire marche arrière pour s'assurer que c'est bien elle ? Faire un détour dans le quartier pour repasser plus lentement ? C'est pas mal ça ! Mais si le bus l'a emportée ! ? Le plus sûr et relativement discret est de faire rapidement demi-tour un peu plus loin et d'arriver en sens inverse pour mieux la voir de sa place de chauffeur. Il exécute cela et, à quelques mètres de Maïna, la certitude aidant, tremblant de tous ses membres, il amorce une diagonale, il coupe la route pour se retrouver tout près d'elle.

Au moment de s'arrêter à son niveau, la fenêtre grande ouverte, il réalise ce qu'il est devenu ; son bandeau sur le visage, sa tâche à effectuer. Malgré sa conviction d'améliorer l'humanité par chaque nouvel œil retourné, il a peur de devoir un jour la défigurer. Et que peut-elle penser de lui défiguré ? Alors il passe, l'air de rien ; à regret il continue son chemin.

Maïna l'a reconnu. Elle se lance dans une courte course, en criant, en gesticulant, et en échappant le magazine aux articles oiseux qu'elle avait trouvé sur un banc.

Pop, l'œil dans le rétroviseur, désorienté par les bras de Maïna comme des aiguilles agitées, conduit à l'Anglaise car il ne démord plus de la gauche. Elle est maintenant immobile sur la chaussée dans un déhanchement dépité, les pieds relativement écartés, une main sur la hanche, l'autre balançant à bout de bras son sac si lourd certainement qu'il tire l'épaule vers le bas !

Pop ne peut décoller son œil de cette vision mais un bruit de trompe en colère le ramène à la réalité de la circulation. Il pile. La voiture l'évite. Derrière elle une seconde voiture, surprise par cette apparition subite et non réglementaire, pile aussi mais percute.

Maïna s'en réjouit et, tranquillement, s'avance aux nouvelles qui ne paraissent pas dramatiques aux vues des vitesses des véhicules et au choc si léger.

Alors que Pop est déjà sur le point de remplir le constat avec un fou furieux qui ne l'est pas (...prêt à remplir le constat !), Maïna prend place sur le siège passager, pose ses chaussures et installe ses pieds sur le tableau de bord comme pour équilibrer sa répartition sanguine et alimenter au mieux sa concentration sur les images reçues, format cinéma, sur le pare-brise parfaitement entretenu, sans la moindre salissure qui entacherait la qualité du divertissement ; elle est en première loge et attend du spectaculaire. Qu'elle soit actrice ou spectatrice elle a toujours le show dans le sang !

Pop est appuyé sur une aile de sa voiture, papiers et stylo en main, et attend le bon vouloir de ce quadrupède simiesque cabrant ses deux fers en l'air en signe de soulèvement.

Est-ce un de ses fers qui a lâché ou a-t-il reçu une once d'intelligence pour savoir saisir un objet et le lancer ? Toujours est-il que quelque chose se détache de ce tas de molécules désorganisées et brise l'écran de Maïna qui n'a pas le réflexe de se protéger tant elle est pénétrée par son rôle de spectatrice.

Par chance, pas même un filament n'a touché son visage mais elle a les cuisses et les fesses moulées dans les débris de verre, et elle reste écrasée par le poids de la surprise et la suite de la scène.

Pop, dans une rotation, a fait grincer ses cervicales pour constater les dégâts, mais n'a pas fait grincer ses dents contrairement à la réaction violente qu'il aurait eue avec ses yeux d'avant.

Il vient seulement de voir la féminine silhouette de sa convoitise à une main de son levier de vitesse, comme s'il avait fallu que se brisât accidentellement la glace pour qu'elle lui fût enfin accessible.

L'homme s'est rassemblé un peu et fait bloc, de front, devant un Pop qui lui présente calmement papiers et stylo.

L'homme est aussi un rassembleur puisque de nombreux « va autour » bravent le danger, et circonscrivent la zone de frictions.

Il est gagné par une deuxième vague de colère, mais plutôt que de s'en prendre directement au responsable il va droit vers les « va autour » et crée une hernie dans le cercle parfait qu'ils formaient. Mal lui prend de s'engouffrer dans cet espace car les rapaces menacent. Un pied vivace le touche à la face et le cloue sur place. Il disparaît dans la masse refermée sur sa carcasse.

Moins d'une demi-minute pour le fouiller, le dépouiller, et s'éparpiller.

Pop s'avance vers l'homme égratigné dans sa fierté, assis en sous-vêtements, les arcades sourcilières posées sur les genoux et les bras enserrant les cuisses. Maïna ne comprend pas quand elle voit Pop lui relever la tête et lui passer la main sur le visage. Elle a comme le sentiment qu'il a utilisé un environnement pour raisonner un dément.

Lorsqu'il rentre dans la voiture, il est si peu expressif que Maïna en est autant indignée qu'ébaubie.

Elle hésite à sortir pour partir. Elle attrape la poignée, se ravise, se renfonce dans les débris. Elle l'attrape encore, se ravise encore, se renfonce encore. Elle l'attrape enfin fermement et sort prestement. Elle se retourne aussitôt et, emportée dans son élan, elle piétine dans sa phrase :

- « Vous... vous pourriez m'aider à net... nettoyer le siège !

Il prend, dans son coffre, de quoi satisfaire à la demande et s'exécute. Après quoi :

- « Vous voulez que je vous dépose quelque part ? Si les courants d'air ne vous dérangent pas ! »

Pourquoi ce bandeau, pourquoi ce regard en écharpe ? Alors bien sûr qu'elle le veut ! Elle veut savoir et elle est en retard. Deux bonnes raisons de le vouloir.

Il amorce un demi-tour dans un trafic compact. Le véhicule accidenté du futur converti en œil retourné en est la cause.

Ils passent devant l'arrêt de bus, et ses occupants, encore tout chauds de la halte de Maïna, halètent encore au déhanchement qu'elle leur a offert. Les quelques pairs de yeux du moment, n'ayant pu s'en défaire, ont prolongé son image dans l'imaginaire lorsqu'elle a assis son derrière et claqué la portière.

Si l'attraction a permis à ces hommes (quelques femmes aussi, peut-être...) de supporter un peu mieux l'attente, à présent elle est responsable du supplément de piétinement car la file d'attente des voitures retarde d'autant plus le bus.

Au début les gens prenaient leur mal en patience, à présent les langues se ressaisissent, se dessertissent, et les langages s'enlaidissent, se pervertissent.

Certains anonymes sous leur masque de grincheux s'animent selon les frasques du fâcheux. Des grognements se font entendre. Des doigts craquent sur leurs poings fermés. Des manches remontent à mi-bras.

Autant de menaces censées faire accélérer l'objet de l'avanie.

En les croisant Maïna croule sous le poids de la miséricorde.

Elle ne peut être la seule à s'en sortir aussi vite !

- « Peut-on déposer aussi ceux qui vont pas loin d'où je vais ? »

- « D'accord ! ». D'un ton sec mais cordial.

La voiture est chargée, mais le discours est léger entre pop et Maïna !

Pour déposer les gens, ils passent devant le peep Show dans lequel travaille Maïna mais elle ne le dit pas. Une honte subite censure une révélation qui pourrait lui causer des torts. Elle ne connaît pas la tolérance de Pop malgré la fiabilité qu'il inspire à présent.

Le lest lâché à chaque ouverture de portière allège la voiture mais chacune de ces présences abandonnées alourdit un peu plus l'embarras que connaît Pop face à une Maïna qui prend de plus en plus de place dans cet espace réduit.

La voix de Maïna déchire la crispation qui les maintient à distance.

- « Après l'autre jour, avec Lilian, j'aurais pas cru ça ! Pourquoi faites-vous ça pour moi ? Et qu'est-ce qu'il en est de votre œil ? »

- « Je suis un imbécile. Je suis un imbécile. » Marmonne Pop la tête dans les épaules.

- « Un vrai con, ouais ! » Ajoute effrontément le dernier passager « Laissez tomber mademoiselle, un canon comme vous n'a pas besoin d'un boulet comme lui. J'ai certainement la mèche qu'il vous faut ! Je descends là ! Vous venez avec moi ? »

- « Si la reconnaissance et la politesse n'étouffent pas votre mèche, je n'y mettrai pas non plus ma langue afin de la préserver des brûlures qui pourraient m'empêcher de vous mitrailler d'injures. » Et elle ne le quitte pas des yeux jusqu'à ce que la voiture commence à s'éloigner de cet homme redevenu piéton et qui semble avoir trouvé un orifice invisible où fixer son doigt majeur tendu vers le ciel.

Cet homme n'a décidément pas le doigté approprié pour satisfaire Maïna ; alors, et pendant que Pop la félicite sur son calme et sa répartie, elle se penche, furibonde, par l'ouverture privée de pare-brise, puis elle fend l'air de son poing qu'elle freine avec l'autre main posée sur son biceps, pour montrer qu'un petit doigt ne lui suffit plus. Elle accompagne ce geste d'un jouissif : « Va te faire enc... ».

Revenant à son interlocuteur en rodage :

- « Alors ? » Soupire-t-elle « Qu'en est-il exactement de l'œil imbécile ? »

- « Je suis un imbécile, et mon œil c'est un imbécile aussi mais... »

Il est devenu un autre homme, mais il n'en garde pas moins devant une femme séduisante cette fragilité qui le rend incohérent.

Il se sent investi d'une mission à l'échelle mondiale mais il ne se sent pas encore l'envergure de l'oiseau de bon augure qui l'accompagnera dans l'accomplissement. Il a pourtant l'habitude des responsabilités et des tâches ardues, dans son travail. La différence se situe entre la filouterie qu'il se faisait un malin plaisir de mettre en œuvre habituellement, expert qu'il était en mensonge, en falsification, en tromperie de tout ordre, et entre l'honnêteté que requière cette mission que, tout bien réfléchi, il soupçonne plus qu'il ne voit clairement.

- « C'est tout ce que vous savez dire : « Je suis un imbécile. » Déposez-moi ici, s'il vous plaît, je finirai à pied. »

- « Non ! Non ! Je... Je... » Et grâce à la fermeture centralisée des portes, il verrouille, avec les bonnes intentions qu'il est malheureusement le seul à savoir, les serrures de la voiture.

Lui, qui a franchi une porte (l'œil du cœur) pour s'affranchir des obédiences sournoises et aimer en liberté, ferme une porte pour retenir celle qu'il aime sûrement.

Le temps n'est peut-être pas élastique mais Maïna a su le comprimer pour prendre Pop de court et le faire sortir de ces gongs qui ont soutenu cette porte ouverte à tous les accès amoureux, ventilés, en principe, par la patiente et l'esprit libéral qui viennent, sur ce fait, de lui échapper.

Maïna l'a aveuglé en lui mettant la pression et il lui est intolérable qu'elle le quitte sur une mauvaise impression.

Ce n'est pas de la claustrophobie, mais Maïna s'acharne quelque peu sur la poignée, sachant toutefois qu'elle ne cédera pas. Après avoir fourni un effort jusqu'à essoufflement, elle se tourne de tout son mauvais côté de femme offensée et soutient superbement le regard de Pop.

Ce dernier est quand même penaud.

Pop tente de se rabibocher avec Maïna en essayant calmement d'approcher son bras, et en débitant les quelques mots manquant à sa phrase en suspend :

- « Je suis un imbécile, mais je suis docile aussi... depuis... depuis peu de temps ! Et... j'aimerais que l'amour... nous unisse... »

Il tousse malencontreusement, portant une main à sa bouche l'autre, déjà proche de Maïna, étant brusquée par la secousse. De ce fait et geste, Maïna prend peur et le repousse. Il est, suite au dernier passager descendu et aux détraqués qu'elle croise régulièrement, la goutte qui fait déborder le vase. Elle reçoit, en pensée et en un éclair, tous les hommes de la terre comme des fous et des obsédés. Elle hurle de lui ouvrir la porte, tapant n'importe où autour d'elle, éteignant l'autoradio et déréglant le rétroviseur intérieur.

Pop comprend peut-être, réagit en tout cas, par peur ou par reproche, en déverrouillant ce morceau de tôle et de plastique qui porte atteinte au droit de sortie de cette demoiselle qui s'emporte.

Elle sort sur-le-champ sur le bitume chaud de sorte que Pop se retrouve seul dans un silence qui le plonge dans un état de désœuvrement.

Il n'a que quelques secondes pour se rincer l'œil, le seul restant, sur les deux, capable encore de viser le vice quand il se présente ou quand il s'éloigne comme le font les admirables jambes de Maïna, qu'il ne fait pourtant que deviner sous le jean qui la serre juste le nécessaire.

Le tissu est comme transparent tant Pop présente les effets d'une manducation pré-copulation, dont la mâchoire animée et la salive abondante sont généralement provoquées par la vision d'un épiderme à l'orée de zones voluptueuses suggérant de les dévoiler.

Oui, les hommes se retournent. La peau cède, la peau se donne aux yeux gourmands de sensations. Oui, Maïna sait qu'elle torture mais qu'aussi les hommes sont masochistes car, plutôt que rien, ils préfèrent au moins voir et se faire douloureusement plaisir même si l'exploration n'est pas envisageable. Elle leur donne souvent cette occasion de souffrir de bonheur.

Comment serait-il possible que Lilian ne respecte pas une telle beauté ? Aussi provocante serait-elle vêtue, on ne pourrait pas la considérer comme une vulgaire consommation. Avant toute intention de l'entreprendre (dans les limites de la correction, bien sûr) on ne peut qu'être admiratif au plus haut des yeux, et booster ce sentiment de beauté par amour d'autrui (et non d'une truie ou d'une cochonne comme l'entendrait ce diable de Lilian).

Il est indigne de négliger tout le mystère qui émane des femmes, d'autant plus quand elles sont belles, et d'autant plus quand on n'en a pas connu beaucoup ! Quel intérêt de les consommer à satiété si c'est pour en arriver un jour à les traiter de boudins ? Quel intérêt d'abuser de leurs caresses si c'est pour un jour être blasé de leurs fesses et les enfiler comme de vulgaires boyaux à saucisses ?

Pop a-t-il toujours pensé cela au plus profond de lui ?

Il revoit de façon assez floue toutes les visions fantastiques se rapportant à l'entrecuisse de ces demoiselles, de ces femmes, de ces fillettes, bref du sexe tellement différent du sien... d'après ce qu'on disait puisqu'il n'avait jamais eu l'occasion d'en voir à la dizaine d'années qu'il avait à l'époque.

Soi-disant, donc, qu'il y avait un trou pour y mettre son zizi quand il était dur. Pop avait déjà essayé dans un tube d'acier et ça ne lui avait pas donné envie. Ca devait être tellement mieux d'embrasser avec la langue, comme le lui avait raconté son cousin germain qui en bavait encore !

Il y avait aussi un petit bouton sur lequel appuyer pour mettre en marche. Alors pourquoi être autant timide devant les filles si elles ne sont que des engins à moteur ? D'ailleurs, son cousin les interpellait couramment par un « Hep, machine ! » auquel elles répondaient sans rechigner. Leur attitude corroborait donc l'idée évoquée.

Elles avaient aussi deux paires de lèvres supplémentaires, entre leurs cuisses. Heureusement qu'elles ne pouvaient pas parler avec, parce qu'elles disent bien assez de conneries avec la paire du haut, disait son cousin.

Et puis, il y avait des poils frisés au-dessus de tout ça et, paraît-il, un point G qu'il faut être expert pour l'attraper tellement il doit bien se cacher là-dedans ! Ce point G il tient comment ? Il a des pattes ? Il rentre, il sort ? Pop n'avait pas envie de toucher à ça même si son cousin était sûr que ça les rendait folles, les filles.

Malgré tout le bizarroïde de la tête, l'attirance, à cet âge, était une évidence que les émotions s'évertuaient à entretenir. Entre autres effets naissait une étrange présence intérieure, éparpillée, comme une caresse sensationnelle profondément enfouie à vie. Le feu y laissera des traces, des résurgences lorsque dans sa vie d'adulte une situation, dans tout ce qu'elle aura d'indescriptible à nos yeux, sera ressentie comme similaire à une antécédente en effleurant la mémoire de l'émotion. C'est une hésitation entre un plaisir contemporain et une douloureuse nostalgie.

Maïna a disparu dans cette rue lorsque Pop décide de rompre son évasion de l'esprit et le silence qui l'a produite. Pour cela il attrape le bouton de la radio pour la rallumer mais un bruit sec le surprend et lui fait retirer sa main promptement. En sortant prestement, Maïna avait enfoncé, de son sac, l'allume cigare qui se déclenchait à l'instant. Elle avait, auprès de Pop, fait plus que déclencher un allume cigare ! Mais il sentait cette force ou cette farce intérieure qui le sauvegardait, qui le gavait d'un amour universel plus puissant et moins épuisant qu'un amour personnel.

Il sursaute au bruit d'un klaxon à plusieurs trompes qui se fait remarquer derrière lui. Il cherche dans le rétro intérieur mais lui aussi a été malmené par Maïna et n'offre rien de plus qu'un tapis de sol sale.

Il se retourne alors pour voir en direct et voit justement un direct du droit atteindre un menton plus très droit après ça.

Son stationnement prolongé sur une file roulante est la cause de cette bagarre à laquelle il n'est pourtant pas mêlé par qui sait quel miracle !

Les deux hommes se neutralisent finalement et stagnent en « positions corrigées », corrections infligées, ce qui facilite la tâche de Pop qui leur passe, chacun leur tour, la main sur le visage, du front à la joue en passant par l'œil gauche.

« Je comprends, maintenant ! »

Pop se sent bien. Etrangement bien. Il perçoit l'imperceptible. Les gens lui apparaissent mauvais mais il les sent bons à l'intérieur.

Qu'y a-t-il de secret en nous que nous ne savons voir ?

Nos yeux sont tournés vers l'extérieur et nous ne pensons à voir que l'apparent. Nous n'avons accès à l'intérieur que d'un point de vue anatomique brut, par des photos ou des films d'opérations à cœur ouvert, alors qu'il faudrait y voir toute la profondeur des sentiments nobles que renferment nos cœurs. Peu de gens en sont capables sans y être aidés ...voire forcés !

Puisque les gens ne voient pas avec leur cœur, quitte à en avoir la tête qui tourne, ils tourneront un œil pour voir ce cœur qui porte la vie, ce cœur qui étouffe de n'être ni vu ni entendu.

Vous ne pouvez le retourner par vous-même, alors je vous aiderai ! Laissez moi vous offrir une caresse pour toucher votre cœur, pour lui ouvrir la voie, pour lui ouvrir la vue. Laissez moi vous ouvrir l'œil du cœur !

C'est comme une révélation. A présent Pop sait ce qui le touche. Il sait ce que fait son œil à l'envers. Il regarde son cœur pour recevoir un enseignement. Pour apprendre à se connaître lui, et apprendre à sauver l'Homme. Pas, dans l'immédiat, l'Homme individuellement, mais plutôt l'Homme dans son espèce, ce qui revient à sauver cette planète avec sa faune et sa flore.

« Hé, hé ! Y a même des flingues et du sang ! »

. . . Œ . . . Œ . . .

Le lendemain, il sort de l'immeuble conscient et déterminé.

Au bas de l'escalier, sur la dernière marche, est assis Michel Jason toujours paré de son casque de protection du monde extérieur, son enveloppe musicale.

Pop pose sa main sur la tête de Michel qui a le réflexe de plaquer les écouteurs sur ses oreilles et de reculer, la peur aux yeux, en maugréant. Pop le suit en lui tapant amicalement sur l'épaule, lui sourit, puis continue son chemin bien décidé à racheter ses mauvais agissements envers ce garçon qu'il laisse médusé et loin encore de rendre une absolution ou même de reprendre confiance.

Michel Jason n'a pas bougé de place depuis une heure. Il a seulement remué sur place pour changer les disques dans le chargeur qui alimente ses espèces d'oreilles de mickey d'écouteurs. Celui qu'il vient d'insérer supporte une musique hard rock, forcément stimulante, qui le fait décoller de son lieu de paresse et, sans qu'il n'y paraisse, il va arpenter les rue en justicier qu'il sent naître en lui dans ces accords précis de guitares et de batterie.

A ce moment précis comme par hasard, comme par mesquinerie, des coups de feu se font entendre à travers les distorsions acoustiques qui n'isolent pas suffisamment Michel Jason. Il ne peut pas ignorer cela tellement il est soulevé par les guitares folles, tellement le tempo l'emporte.

Ca vient d'une rue perpendiculaire et il court sans fléchir et sans réfléchir vers le ventre du crime que, pour lui, la musique déchire. Il y rentre au moment où deux fuyards masqués sortent d'un magasin et se dirigent vers lui qui se sent tel un mur pour qu'y butent ces fils de putes. Mais il n'a pas la masse du mur de Chine et il doit courber l'échine, bousculé qu'il est comme un vulgaire arbuste planté où il ne devrait pas.

Son casque est toujours bien en place et la musique donne encore sa pleine mesure, ce qui le pousse à se relever et à défier le second brigand qui le percute à son tour.

Aujourd'hui, Michel jamais n'abandonne tant qu'à ses tympans la musique donne. Il se lance illico à leur poursuite en hurlant et en jetant deux canettes en verre qu'il a ramassées lorsqu'il s'est retrouvé à terre.
L'une d'elle nique une nuque dont le fuyard à qui elle appartient s'effondre et échappe son arme. Michel, toujours accompagné de son groupe de hard, empoigne le pétard et le pointe sur la face furieuse du vaincu qui a peu vécu, vu son acné juvénile. Mais Michel Jason, encouragé par les sons multiplicateurs d'énergie et de bravoure qui inondent son cerveau, n'est pas d'humeur à jouer et tient en joue le malfaiteur en attendant la police qui aura certainement été avertie par quelqu'un. L'autre a continué sa fuite sans se soucier de son complice à l'arrêt.

Mais voilà ! Une chanson a une fin et Michel Jason l'entend venir, ce qui provoque en lui une nervosité, signe d'un courage sur le point de s'évanouir.

Et voilà ! La chanson s'achève et il faut, seul, affronter l'intermède silencieux qui disjoint l'auditeur de son support émotionnel. Et seul, pour Michel, c'est son quotidien. Un quotidien qui n'est un lien qu'avec le rien qui lui convient. Un lien qui désunit ses nerfs. Il a du mal à conserver sa concentration, à tenir une réflexion.

Y vient pas, ce foutu morceau ?

C'est des secondes comme des minutes, c'est pas possible !

Merde ! Le disque est sûrement fini !

Qu'est-ce que je dois faire ?

Pourquoi j'ai pas mis « repeat » ?

Qu'est-ce que j'fais là ?

Il sent, quand même, qu'il prend un risque s'il lâche une main de l'arme pour appuyer sur le bouton « play ».
Il risque sa vie pourquoi, merde ?
Tout en braquant le jeune au sol, dans une peur panique inquiétante dans ce qu'elle peut entraîner d'incontrôlé, Michel lâche l'affaire, mais pas l'arme, et détale.

A ce moment, Pop déambule dans le coin. Sa force nouvelle le rend tellement sûr de lui qu'il se sent invincible. Mais pas invisible ! Il sait bien que son bandeau n'est pas des plus seyants ni des plus confortables, alors il entre (en toute logique selon le côté pathologique ou accidentel dont relève habituellement son état) se renseigner dans une pharmacie.
Un homme, en furie et meurtri, surgit alors dans le magasin et le prend en otage dans la réserve, tout en gardant un œil sur l'entrée. Il menace de le tuer ainsi que tous, ici présents, si quelqu'un tente une manœuvre de secours, tant insidieuse que franche. Il est seul juge et bourreau de la qualité des comportements, alors silence et immobilité sont de rigueur, sauf demande expresse de sa part.
La police passe, gyrophare en fanfare.
La police est passée !
Face à la détermination du preneur d'otage aucun des vendeurs n'a bougé.
S'estimant en relative sécurité, après quelques secondes d'attente, il ordonne de lui apporter des rouleaux de sparadrap pour en faire des liens.
L'un des pharmaciens s'empresse d'aller dans la salle clients où ils sont entreposés dans un tiroir sous un rayon. Mais il fait l'erreur de ne bredouiller qu'un « j'y vais » sans autre précision dans sa précipitation.
Sans sommation, le voyou le voyant fuir, le croyant fuir, met sa menace à exécution. Le pharmacien s'effondre et du sang coule abondamment de la région du cou ou de l'épaule comme le constatent les autres, on ne peut mieux avertis à présent du sérieux des menaces.

Le gangster le considère comme mort, et surtout comme un mort responsable de deux balles perdues pour pas grand chose. Il demande au deuxième pharmacien, qui est en fait une pharmacienne, d'y aller à son tour, en ajoutant sarcastiquement : « Plus lentement s'il te plaît. T'es pas pressée de mourir, toi aussi ? »

Ce gangster, inexpérimenté semble-t-il, récupère le sparadrap qu'elle lui tend et la ligote d'abord plutôt que Pop qu'il vise, nerveusement, afin de l'immobiliser. Viser aussi la grosse paire de nichons de la « pharmachienne » (telle qu'il la fantasme) lui apparaît, malgré le contexte, comme une priorité. Il arrache brutalement, en s'y reprenant à trois fois, les blouses robes et sous-vêtements gênants, arrachant aussi pleurs et plaintes de la malheureuse.

Elle est doublement humiliée car, en plus d'être déshabillée en public, elle ne présente qu'un sein unique l'autre étant en plastique.

Défaite de ses effets, elle n'en provoque pas moins (de l'effet) sur l'infâme individu qui chancelle, payant là un lourd tribut face à ce manque d'attribut. Il chancelle à cause de ses nerfs, pas aussi solides qu'il le pensait, mais aussi affaibli qu'il est par ses blessures pissant le sang.

Pop, à l'affût d'une telle occasion, propose de panser ses plaies.

- « Pourquoi tant d'attention pour un tueur ? »
- « Parce que je suis sûr que tu n'as pas encore trouvé toute la bonté qui coule en toi. Parce que des circonstances t'ont empêché de te voir autrement que dans un miroir. Elles t'ont empêché de t'aimer, d'aimer, de te faire aimer.

Provoquant et ironique, malgré sa faiblesse :

« Tu te prends pour Jésus ! Ben vas-y, guéris-moi ! »

Pop, sur un ton désarmant et avec une assurance inquiétante, rajoute : « Je suis celui qui voit derrière tes yeux » et il enlève son bandeau, offrant une vision cauchemardesque et paralysante pour qui est déjà bien ébranlé par les événements.

Le gangster flanche franchement.
Adossé, il dégouline le long du mur.
Assis, en tas de merde, ses yeux hagards flottent en surface.
Pop lui supprime son arme et la fait glisser sur le sol pour l'éloigner de quelques mètres, par précaution. Puis il met un genou à terre, observe un instant la sueur au sang mêlée sur le visage, et n'hésite pas à y plaquer sa main pour pratiquer sa caresse. Sans en faire plus, il se relève et se dirige vers la femme, ce qui délie une once de lucidité chez le gangster qui questionne lentement en balançant sa mâchoire inférieure : « Tu m'as pas soigné, salopard, hein ! Tu dois être fou ! Je suis dans un monde de fous ! »
« Oui ! » dit Pop sans se retourner.
Dans les secondes qui suivent, le gangster ressent une douleur lancinante à l'œil et pose immédiatement sa main dessus, comme s'il avait un don de guérisseur. Mais il n'en a pas et il souffre comme il est inhumain de souffrir. Il croit crier : « Qu'est-ce que tu m'as fais ? T'es con, t'es qu'un connard ! » mais la douleur retient les mots ordonnés et ne libère qu'un hurlement pur. Puis il se lève. Il a maintenant comme une envie de vomir. Sa cavité orbitale est triturée. Il a l'impression qu'un doigt la cure. Tout se distend là-dedans.
Voilà la sédation produite par la métamorphose. Il se sent déjà mieux et recherche instinctivement un reflet de sa personne pour constater l'horreur éventuelle.
Une simple vitre plaît à sa quête. Il pleure en se voyant, il pleut dans son tourment, mais il applaudit intérieurement ce tournant en se retournant vers Pop. Il dit tout simplement : « Je comprends ».
C'est tout ce qu'il a à dire et c'est tout ce qu'il dira... à sa décharge !
En effet un tireur vide le chargeur d'un revolver sur lui, et du même coup le vide de sa vie.

Ce tireur n'est autre que le pharmacien blessé qui a, en définitive, fait le mort, pour en réchapper, et saisi l'arme et l'occasion de se venger au moment opportun.

Après ce soulagement d'avoir éliminé un criminel, il va pouvoir enfin soulager son corps de sa souffrance physique ainsi que de cette vie meurtrie par ce qu'elle vient de connaître et qui l'aurait traumatisé pour le restant de ses jours. Ame sensible et lâche veut s'abstenir de poursuivre !

A chaud, le pharmacien n'a pas la lucidité nécessaire pour prendre la meilleure solution, et s'il se rit de ce qu'aurait été la nouvelle personnalité de son meurtrier après transformation et s'il ne l'avait pas tué, il se moque éperdument aussi de ses chances de retrouver une vie normale s'il ne se tue pas.

Pop le voyant inverser la direction du canon, au lieu de courir l'en empêcher ou tenter de le raisonner, se dirige plutôt vers la pharmacienne effarée pour qui il n'est pas encore trop tard selon lui. Une fois convertie elle n'aura plus honte de son physique et, puisque le cœur a raison du corps, son cœur arraisonnera alors les hommes sur une mer de câlins où elle pourra contrôler leur cargaison d'amour.

Lorsque Pop amorce son geste vers le front de la pharmacienne, il ne tremble pas, il n'est même pas secoué par le claquement de l'arme à feu qui vient d'ôter d'un terrien sa vitale connaissance, et donc ses facultés cognitives, avant de cogner crâne et canon sur le carrelage rougeoyant sous les jongleries lumineuses des enseignes externes. Esprit es-tu las d'illuminer en vain ces aveugles ignorants et sales qui ne se savent pas ? Es-tu là sans que nous le sachions, en nous qui nouons la noèse qui mène à la sagesse ?

« Voilà une deuxième fille, ça s'complique ! »
« Voilà du sexe, aussi ! »

. . . . Œ . Œ . . . .

Lilian, intermittent du spectacle dans ses plaidoiries, est un comédien permanent dans ses relations amoureuses. Il s'évade régulièrement dans de nouvelles aventures et, ce soir là, il est accompagné d'une brune au physique de caractère, type italien, cheveux longs d'un noir corbeau, un visage à l'ossature anguleuse mais d'une douceur à vous rendre immédiatement amoureux.

Il la laisse dans la voiture le temps d'aller constater de visu l'absence de Pop. En effet il l'a appelé plusieurs fois au téléphone sans jamais avoir une réponse. Il s'inquiète de lui depuis ce qu'il a vu et il envisage, si cela se confirme dans les jours prochains, d'organiser des recherches.

Pendant ce temps, Michel Jason apparaît au bas de l'escalier, comme né d'une ombre.

Ses yeux sont aussitôt rivés sur la belle brune.

Son walkman diffuse une musique très rythmée qui ne s'accorde pas du tout avec cette situation. L'atmosphère doit changer ! Il faut enrober ce délice d'une mélodie nacrée. Qu'une perle enchantée sorte de sa coquille pour illuminer cette rencontre !

Comme avec un jeu de cartes il bat un paquet de cédéroms avant d'abattre le bon, le plus approprié, le gagneur, qu'il place dans le lecteur à la place de l'autre, aussitôt dédaigné.

La fille accoudée sur la porte, vitre ouverte, croise négligemment, au hasard d'un mouvement, la silhouette de Michel.

Tout à l'heure, il voyait une fille indifférente qui lui plaisait. A présent, il devine une réciprocité.

A chaque regard de cette fille dans sa direction il imagine ses pensées, ses désirs ou hésitations. Une complicité se dessine entre eux. Ca ne peut être que ça, elle l'attend ! Elle attend sa venue, sa déclaration. Elle est prête à le suivre, à laisser cet homme qui n'a que faire d'elle ou d'une autre.

La télépathie semble être le moyen de communication adopté par ce couple en formation...

Michel mate, Michel formate, Michel flotte dans son nuage mélodieux. La voix du chanteur a ce côté percutant et charmeur qui vous secoue le cœur. La vibration des instruments vous pénètre à faire frissonner les organes du thorax et de l'abdomen. Amen !

Michel a la symphonie, il doit rejoindre la fille pour un concerto.

Stimulé par cette idée, Michel chasse les fausses notes éventuelles qui le feraient douter. Plus il avance vers elle, plus le courant passe et moins il se sent marcher.

Mutuellement leur trac est attractif et Michel s'en réjouit.

Le voilà maintenant face à elle qui sourit en levant la tête, les yeux à demi fermés par l'éclat du soleil. La silhouette de Michel est dans la lumière, imposante et rayonnante parce que proche et auréolée. Il lui fait part de sa faiblesse à se laisser tenter : « Je ne peux pas vous résister, donnons-nous l'un à l'autre. »

Nullement intimidée, blasée, l'entendant mais ne le voyant pas parler à cause de la zone d'ombre, elle enlève sa main du menton qu'elle soutenait et la dirige vers la taille de Michel. Là, il décolle. Ca y est, elle l'emmène. Leur tapis volant les emporte au loin, loin des cohortes de pantins.

Mais elle appuie en fait sur le bouton d'arrêt du Walkman et dit : « Mettez-vous face au soleil, je ne vous vois pas bien. »

Là, le tapis volant s'effondre. De la hauteur vertigineuse, qu'il avait atteinte, Michel ressent pleinement l'effet. Il en perd l'équilibre, il tombe à genou. Une crise d'asthme vient encombrer ses poumons, gêner sa respiration. Il pleut déjà des gouttes de honte. Elles ruissellent sur sa peau rougissante. Cette phrase anodine comme une dague assassine perçant ce monde cruel, d'un doigt rendu réel, c'en est trop pour la sensibilité de Michel. Mis à nu, misérable, misogyne en conséquence de ce que cette fille lui a fait subir, il se sent seul et ridiculisé.

Il préfère se dire (« se dire » induit qu'il y a eu réflexion, alors qu'ébranlé comme il est cela semble improbable, mais bon...) qu'il s'est trompé sur elle et, plutôt que tenter de rattraper le coup, il abandonne.

On est vaincu quand on a mis genoux à terre, et pourtant il suffirait qu'il relève la tête et qu'il rallume son walkman afin de la ravitailler de sa potion magique pour retrouver le force qui lui manque. Ensuite, il pourrait plaisanter sur ce qui s'est passé, même se moquer de lui-même, échanger quelques banalités et se retirer fièrement en prévision d'une éventuelle seconde chance. Un miracle ça peut se travailler !

Rien. Il est coincé. Effondré, comme le tapis imaginaire qui l'a transporté le temps d'un rôle, juste avant le râle.

Lilian est de retour. Il s'étonne de voir Michel Jason à genoux, semblant prier, aux pieds d'un paillasson de voiture qui lui rit au nez. Mais quelle importance accorder à cette scène quand son ami n'est toujours pas là (ce qui devient vraiment inquiétant ! Mais il verra ça un peu plus tard...) et que dans l'immédiat un bon resto doit précéder les ébats prévus avec la fille qui l'accompagne.

Michel Jason a réintégré son appartement quand revient Lilian pour la seconde partie de son après-midi, alors que Pop est toujours absent.

Lilian sert deux verres mais il consommera le charnel avant l'alcool car il préfère fêter une réussite que galvauder ses talents d'étalon. Il a une réputation à confirmer et le fait de s'y adonner l'après-midi n'y est pas étranger ; par expérience il sait ce qu'il vaut à ce moment-là.

L'immense pièce principale dans laquelle donne le hall d'entrée est aménagée selon les occupations prioritaires du propriétaire hors profession ; un lit, tournant sur lui-même sur simple commande électrique, occupe le centre d'un décor appelé à dévoyer toute âme féminine pénétrant cette enceinte, et à renvoyer toute âme chrétienne ou crétine pouvant en être atteinte dans sa pudeur. Une manne libidineuse émane de ces figures vicieuses. Peintures, sculptures, photos, rideaux, objets d'art, objets barbares, mannequins et bouquins, sont les véhicules érotiques de ce manège panoramique.

Toutes les réponses sont dans ce cadre sans équivoque pour résoudre une équation à deux inconnus. Leur relation physique ne connaît pas de tabou et ils se donnent sans retenue en multipliant les positions variées sans jamais se diviser, toujours une partie d'épiderme en contact avec une partie d'épiderme, qui plus est sans se soustraire aux attentes mutuelles. Au final, une opération sensuellement et artistiquement juste. Une merveille de plaisir à double sens dont ils ont fait la preuve par deux.

Ce fameux vertige des hauteurs ils aiment le connaître et ils sont montés très haut. Après cette varappe ils sont un peu dans les vapes, dans une phase de décompression. La sonnerie du téléphone regonfle un peu Lilian qui ne met aucune bonne volonté à répondre, tant et si bien qu'elle cesse. A retardement, s'étirant de tout son long sur le lit, il prend l'objet en question à bout de bras dans la poche de son blouson et guigne le cadran pour avoir une idée sur la provenance de l'appel. Maïna !

En lui, un pincement difficilement localisable l'incite à rappeler dans les secondes suivantes : « Maïna ? » ... « Ca t'inquiète aussi... » ... « Tu le connais à peine ! » ... « Tu veux quand même en parler ? » ... « Non, non, pas du tout, tu peux monter ! »

Le bouton pressé coupe la communication et allume un sourire coquin sur le visage de Lilian.

Maïna, sur le palier, découvre Lilian découvert d'habits, la bitte à l'air !

- « Si c'est pour moi, tu peux reprendre ton étui à quéquette ! »
- « D'accord, ne t'excite pas sur le vocabulaire ! On va juste discuter. »

Sur la défensive, elle entre malgré tout. Elle découvre une fille découverte elle aussi sur le lit qu'elle-même a connu auparavant, mais après un salut de la tête elle l'ignore, nullement dérangée par la nudité, et entame la conversation.

Elle déverse un flot de questions auxquelles Lilian n'a pas le temps de répondre. Sur le comportement habituel de Pop. Sur son équilibre mental. Sur la raison de son bandeau. Sur sa situation familiale, professionnelle. Sur où il vit.

Lilian, à qui il manque quelques éléments de réponses à quelques questions qui ne se seraient pas posées voilà quelques jours, répond enfin par un soupir largement exécuté. Il voudrait minimiser les inquiétudes pour qu'elle ne s'en mêle pas. Les seules femmes avec qui il entretient des discussions sérieuses sont ses collègues de travail parce que certaines lui ont fait subir dans des procès de cuisantes défaites. Il a bien été obligé de les considérer comme des femmes à part. Mais des objets de distraction doivent rester des objets sans autre attraction et Maïna fait partie de ceux-là.

Les regards concupiscents de la fille du lit recouvrent ses idées d'une nappe d'excitation spumescente dont il se fait la correction d'avaler une bave naissant en abondance sur le bord de sa bouche.

A l'aide d'un rictus coquin, il bafouille quelques débuts de réponses, défigurés par des lapsus volontaires, du genre :

- « Il, la bitte, à queue té de chez... Il habite pas très loin de là en fait ! »

Ou bien :

- « A propos du bandeau, je bande queue... enfin ! Je pense que... je t'ex... niquerai... je t'expliquerai qu'à trois c'est mieux... qu'à toi, seulement... qu'à toi, c'est mieux ! »

Maïna a intercepté les messages entre ces deux amants volages comme s'ils devaient transiter par elle pour qu'elle se fasse peu à peu à l'idée. Elle est devenue la clé à faire entrer dans leur fantasme du jour. Et si ce n'est pas, pour elle, une idée saugrenue, elle garde toujours en tête ce pourquoi elle est venue.

Lilian restant évasif quant à des précisions sur Pop, elle en dégotera par sa débrouillardise. Elle tente le diable en parcourant la pièce dans sa rondeur luxurieuse, frôlant les figures expressives dont elle se fait la proue, tout en recherchant un indice alentour.

Son regard passe par le centre, où la fille émoustillée se frotte les cuisses l'une contre l'autre, les bras en croix et mollement étendus en signe d'abandon total, mais c'est le téléphone portable de Lilian, aubaine à portée de caresses, qui avant tout l'intéresse.

Elle préfère faire diversion et se dirige expressément vers la sortie. Lilian, qui porte déjà assez haut son sexe entre ses jambes, lui emboîte... le pas. Il lui barre le passage, en homme pas sage qu'il sait se montrer, et la prie, orgie en bouche, de se joindre à eux.

Lorsqu'il lui serre les poignets elle résiste avec juste ce qu'il faut de vigueur pour donner l'illusion d'être entraînée de force, ce qui comble d'excitation ses partenaires paradant en affichant leurs attributs en fête.

Avant qu'ils ne lui fassent sa fête, en abusant faussement d'elle, elle a déjà débouché un champagne endogène qu'elle sent couler à flot dans tout son être, jusqu'à inonder sa petite culotte.

Ils ont vite fait de la débarrasser des vêtements incommodants sauf de sa jupette qui soigne le scénario introduit en filigrane.

Alors qu'il joue avec le tissu, qu'il le repousse en caressant le haut des cuisses et les fesses qui alternent tonicité et mollesse, qu'il le replace en pétrissant toujours le corps pour jouir à nouveau d'une redécouverte de ces douceurs exquises, sans encore entrer dans l'entrecuisses, la fille maintient la tête de Maïna en arrière, par les cheveux fortement agrippés, et l'embrasse comme une sauvageonne parfois attendrie, parcourant de sa main baladeuse le ventre chaud et les seins durcis par tant d'application.

Maïna est aux anges, dans les mains de démons !

La fille veut maintenant sentir la langue de Maïna pourlécher ses parties intimes, puis pourvoir à son extase. A cheval au-dessus de son visage, accolant son buste à l'inverse du sien, elle dépose ses lèvres vaginales sur les lèvres buccales de Maïna. Celle-ci, soumise sous ce voluptueux dessous de bassin, stimule ce sexe, « hot » dans une autre langue et hôte pour que s'y vautrent langues, alors que Lilian, qui la manipule sans qu'elle puisse le voir de sa position, circonscrit de sa salive le feu qu'en même temps il attise.

Maïna retrouve une certaine lucidité lorsque son coude effleure un objet qu'elle sait être celui de sa convoitise. Elle veut d'ores et déjà le mettre de côté en l'enfouissant dans son chemisier, qui traîne non loin de sa tête. Tout en continuant à lécher et à se faire lécher, elle manœuvre habilement à l'abri du regard de Lilian, et de celui de la fille qui ne se doute pas de ce qui se passe derrière ses fesses.

Mais alors qu'elle tient encore le téléphone portable en main, Lilian la prend violemment par surprise. Ce qui a pour effet, en poussant un « han ! », de la faire s'agripper au postérieur de la fille qui prend du même coup l'antenne du téléphone dans l'anus, en force et à sec. La fille hurle donc à son tour en se redressant énergiquement, coinçant l'appareil entre ses fesses. Maïna s'en sentant démuni le lâche et mesure la longueur d'un silence qui tient à la façon dont va réagir la fille, le saisissement passé. Lilian, interrogatif, en pose dans Maïna, attend aussi une réaction, l'espérant bonne et sans trop tarder pour continuer la chose.

Après quatre ou cinq secondes, la fille souffle un bon coup et se relâche. Le téléphone lui échappe et Maïna le prend sur le nez. Elle préfère ne pas se plaindre et elle est aussitôt secouée par Lilian qui reprend de plus belle, et qui pense de la sorte s'intéresser de plus près aux fondements de leur trio.

Et c'est la fille qui l'y amène en mettant Maïna en position pour qu'il la prenne par l'anus, se plaçant, pour mieux voir, en première loge, écartant même les fesses de Maïna pour participer un peu au moment où il s'y loge.

- « C'est à ça que tu penses, coquine, alors vas-y, commence ! » Exhorte la fille d'une voix nasillarde.

Dans l'emportement, Lilian lui déchire sa jupe !

Le passage ébranlé, assoupli, la douleur passée, Maïna attrape son chemisier, tout en se laissant faire, et le glisse sous elle afin de recouvrir le téléphone pour lequel elle n'a pas abdiqué. Profitant d'un autre changement de position, elle pousse l'ensemble au sol et jouit, l'esprit libre, de la fin de leur divertissement.

Maïna, revêtue et malicieuse : « Je ne serais quand même pas venue pour rien ! »

Lilian, très avenant : « Reviens quand tu veux ! »

La fille, affalée : « Ouais ! »

Maïna, une fois dans l'escalier : « Ouais ! J'l'ai eu ! » et elle compulse immédiatement le répertoire interne du téléphone subtilisé.

Voici un nom approchant : Ivanov Popov

C'est sûrement ça ! Elle envoie l'appel. Une voix qui ne lui est pas familière, avec un fort accent étranger, lui répond. Pressée qu'elle est de trouver, elle ne prend pas la peine de répondre à son tour, et continue sa recherche : Lee Popiescu

Si c'est pas l'un, c'est l'autre ! Messagerie, merde ! Elle l'écoute : « Mieux que Silvester Stallone, on m'appelle Silverstone. Dur, comme une pierre d'argent. Si t'es une fille, que mon message te fait rire, viens, que j'te déshabille, mon massage te f'ra jouir ...bien ! »

Quel olibrius, celui-là !

Que des cas autour d'elle !

Ah ! Voilà : Pop

C'est lui sans aucun doute ! Attentivement, elle écoute. Elle écoute la sonnerie qui lui signifie le bon transfère des ondes à l'autre poste ! Mais elle écoute surtout parce qu'un poste, tout près d'ici, sonne aussi pour signifier qu'il a bien reçu des ondes. Il est là, derrière une porte. Elle coupe, ça coupe ! Elle recommence, ça recommence ! Elle s'oriente au mieux et rejoint enfin la porte émettrice.

Voilà ! Il s'agit de sonner directement maintenant.

Personne, toujours personne ! Il aura oublié ou laissé son portable !

Affriolée par le suc de l'aventure, elle veut enjamber franchement l'énigme qui se présente à elle. Pour commencer, il lui faut enjamber la balustrade pour s'assurer que Pop n'est pas là et, éventuellement, l'attendre chez lui. Elle sort sur le parking privé à l'arrière de la résidence. Elle situe l'appartement et étudie les aspérités du mur, les arêtes accessibles. Le moyen le plus évident est un tuyau d'écoulement des eaux se prolongeant jusqu'au toit. Il devrait lui procurer une facilité d'escalade incomparable, sur cette face du bâtiment.

Elle amorce une ascension avec efficacité, grâce à une souplesse et une tonicité qu'elle entretient régulièrement dans un club de culture physique, grâce à une ligne svelte qu'elle conserve avec une alimentation équilibrée et sans excès, grâce enfin à une motivation sur mesure.

Ses chaussures collent au mur, le tuyau est costaud, elle grimpe en confiance et respecte un silence. Le rez-de-chaussée est surélevé mais elle ne projette d'atteindre que le premier étage ; dans cet allégement de peine elle reconnaît volontiers une bienveillance, une grandeur d'âme, de la part de Pop qui n'aura pas choisi de crécher plus haut pour lui éviter trop de risque... on croirait n'importe quoi à certains moments !

Personne ne remarque encore ce gros lézard sans queue. Sauf qu'une fois au niveau, Maïna s'apprête à tendre le bras pour s'agripper au rebord de la balustrade, et deux congénères du jour, avec queues ceux-là, s'exposent au soleil en même temps qu'à la recevoir. Leur farniente n'est nullement contrarié tant qu'ils ne sont pas sûrs d'être en danger.

Maïna lance le pied, et la main de même côté, sur des surfaces d'appuis initialement déterminées. Mais, simultanément, les reptiles sauriens sortent de leur sommeil ensoleillé pour s'empresser de regagner leur sombre fissure.

Cette vision déstabilisante, phobique, fait naître un réflexe inhibiteur de conscience chez Maïna pour qui le rebord se dérobe à ses yeux et donc à ses pieds et mains. Elle, qui avait déjà relâché sa deuxième prise parce qu'un peu trop courte pour franchir cet espace sans le moindre saut, est invitée par le vide. Mais si personne n'est en dessous elle doit se récupérer sans casse.

Un voisin de l'étage inférieur, au sens aigu et aux aguets, a été alerté par une chute de débris de crépis. Et malheureusement, il vient d'arriver au point de chute bientôt atteint par Maïna !

L'homme n'a que le temps de se déséquilibrer en arrière, ce qui le règle au même degré d'inclinaison que le corps de Maïna. Leurs torses se font alors du plat, leurs bras se brouillent, mais leurs têtes ne se frictionnent pas... d'un cheveu seulement !

Il l'a amortie ! Et ça, il ne l'aurait jamais fait de son plein gré ! Ce monsieur, misogyne invétéré, n'imaginait pas recevoir du ciel, aujourd'hui, une femme dans ses bras !

Curieusement, aucun d'eux n'a crié. Une fois debout, il défie Maïna d'un air mal inspiré qu'elle relève sans rougir. Tant pis pour lui ! C'est comme dans les rallyes ! Si tu te mets en sortie de virage tu peux te ramasser une voiture ! Il faut réfléchir, avant ! Qu'est-ce qu'il faisait, là exactement ? C'est alors qu'elle se rappelle sa jupe fendue par Lilian.

Accompagnée d'un sourire dédramatisant, elle lance une réflexion censée tourner à la plaisanterie un incident sans trop de dommage.

- « C'est donc ça, vicelard ! Tu t'es ramené dare-dare pour ramoner ton dard ! »

Mais il ne le prend pas de la sorte :

- « Dis-moi plutôt, pouffiasse de seconde catégorie. Tu grimpais pour aller te faire grimper ou tu t'arrachais parce que tu t'es faîte déchirer ? »

Au deuxième étage, deux bustes se penchent. L'un (celui de la fille), épanchant sa soif de rencontrer le scandale, salive devant les salves d'injures. L'autre (celui de Lilian), abandonnant un « merde ! » légèrement charrié par son sillage, se retourne et fend l'air pour aller au secours de celle qu'il a reconnue dans ce chahut.

Lilian est sur place en cinquante marches d'escaliers, un angle de mur, trois foulées, et cent quatre-vingts pulsations minute une fois à l'arrêt. Les mains en appui sur ses genoux tendus, il arrondit le dos pour amortir le coût de cette dépense énergétique.

Il profite de cette récupération pour que se profile son intervention. Il doit pour cela répondre à une question : pourquoi est-il descendu ? pourquoi ?

Pour soutenir Maïna ? Pour éviter le pire sous sa fenêtre ? Pour concilier ? Pour représenter la justice et la faire appliquer ?

Même pas ça !

De son œil en mal d'héroïsme, il couvre les terrasses le surplombant, comme celles avoisinantes. En fait, il est venu se voir à travers l'admiration et la sympathie des autres, dans un rôle plus singulier, dans un acte en apparence gratuit et impulsif, contrairement à son métier qui s'assoit sur la prudence et ne lui apporte souvent qu'un respect dû ou feint et de l'argent, de l'argent, de l'argent. Mais en voyant Maïna de dos, son string lui rentrant dans la raie de ses fesses à moitié dévoilées, il supposa que, par pure solidarité, il était bien là pour la prendre..., sa défense ! D'autant que, à propos de l'opposant, comparaître en gueulant c'est un peu paraître con, et ce fantôme de la résidence apparaît là tel que l'imaginaient ses voisins qui n'avaient jamais eu l'occasion de le rencontrer vraiment : en insociable !

Alors que cet homme et Maïna se querellent rudement, Lilian entre dans la transe et s'interpose par le verbe et par les bras. Cela est pour déplaire autant à l'homme qu'à Maïna, et il essuie une rebuffade qui ne le décourage pas.

A l'assaut suivant, il s'en prend directement à l'homme. De ce fait, ils entreprennent un combat, façon gladiateur, l'homme préférant au corps à corps une distance maintenue par sa ceinture qu'il a défaite de ses passants. Lilian, amusé, suit son exemple.

Maïna s'est résignée à n'être que spectatrice, et les deux hommes s'affrontent en se mouvant sur un cercle dont le centre se déplace. La boucle touche Lilian à l'épaule mais il empoigne la lanière et l'ôte des mains de l'autre.

Consterné, de toute évidence, démuni de son arme, et constatant avec rage la tournure empruntée, l'homme se plaint avec force : « Je ne voulais que de simples excuses... »

Il court jusqu'à son appartement et, ne laissant pas aux autres le temps de se retourner, de reprendre leurs esprits, comme un dingue il ramène un flingue.

Il sera expéditif s'il n'a pas ce qu'il désire : des excuses, seulement des excuses de la part de cette pétasse, merde, c'est pas trop demander !

Mais, étrangement aux yeux de Maïna, Lilian n'accepte pas qu'elle soit injuriée. Sa haine envers cet homme est maquillée d'un faux sentiment d'esprit de corps avec Maïna. Si elle s'abaisse à se plier à la demande de cet homme, Lilian se sentira le premier déshonoré.

Elle a bien compris tout ça car, de lui, elle connaît déjà son égoïsme et sa fierté. Et pourtant, pour en finir, avec quelques larmes, elle hurle en se pliant sur elle-même pour aller jusqu'au bout de son souffle et de son ras-le-bol : « JE M'EXCUUUSE ! »

Mais Lilian est déjà en marche vers une probable gloire posthume. Il brave la mort.

De la bave sort de la bouche bée du bougre d'empoté qui, malgré les mots de Maïna, malgré ses plates excuses dans un pic sonore, ne peut s'en retourner et doit s'en tenir à la réaction de Lilian.

Car celui-ci continue sa marche en avant jusqu'à se trouver devant l'homme et l'arme, jusqu'à coller son front à la sortie du canon, sans trahir une faiblesse.

Aucun coup n'aurait retenti si un pot de fleur n'avait percuté le bras supportant toute la tension du moment. Du deuxième étage, la fille, toujours là, a cru bon de participer à sa façon. Il semble invraisemblable qu'elle ait touché sa cible du premier coup et pourtant Lilian est vraiment transpercé dans le bout de gras des poignées d'amour. Sous le choc le coup est parti, le coup a surpris, le coup a impressionné, et, assis au sol, Lilian craque nerveusement.

Maïna a récupéré l'arme, alors que l'homme a fui pour de bon... semble-t-il !

Maïna se retourne vers Lilian et, comme si elle exprimait le mauvais goût de patauger dans de la boue, elle s'incline dans une moue où se lisent les signes d'un anéantissement, d'une détresse, d'un attendrissement. Elle ouvre la chemise de Lilian, déboutonnée et libre de tout engagement dans un pantalon enfilé lui aussi à la hâte, puis sourit les lèvres pincées et les yeux fermées sur une blessure sans gravité.

Elle lui prend les épaules et le secoue en lui disant: « Ce n'est rien ! Ce n'est rien ! »

Alors il lève la tête et aperçoit l'homme, hors de lui, qui sort encore de l'immeuble avec une arme de remplacement. Mais cette fois il est décidé à tuer car il appuie sur la gâchette. Un coup pour rien car aucune détonation ne s'est fait entendre. Alors il doute. Et dans ce doute il préfère s'abstenir d'essayer une seconde fois pour ne pas mettre plus en colère ses adversaires et pour qu'ils craignent l'efficacité d'une éventuelle seconde tentative. N'est-il pas chargé ou est-il enrayé ?

Enragé ! En attendant, Lilian l'est ! Comme par résurrection, il s'est levé, a repris l'arme déposée par Maïna, et teste à nouveau son inconscience sans ressentir la nécessité de tirer réellement.

Pour des raisons différentes, impressionner l'adversaire leur semble plus à propos que de casser la tension créatrice d'adrénaline. Ils sont maintenant nez à nez : Lilian, le coude en l'air et le bout du canon pointé sur la tempe du voisin qui, le coude dirigé vers le sol, lui braque son canon sous le menton.

Chacune des mains gauches empoigne les cols de chemises adverses.

Ils sont solidement solidaires dans une confrontation où chaque front, chaque regard, est un miroir dans lequel ils pourraient voir leur bêtise encourager leur fierté sans demi-mesure... s'ils n'étaient pas aussi bêtes en somme !

Aucune des deux filles n'ose casser cet équilibre fragile tant les index paraissent agités et prêts à presser.

Des secondes, des minutes peut-être à douter d'un dénouement heureux.

L'immobilité de ces statues, qui fige la scène et à rien ne mène, laisse place à un manège, une ronde désenchantée, un pas de deux collé serré sur une piste goudronnée.

Toujours menaçants, ils pivotent chacun leur tour sur eux-mêmes, donnant l'impression de passer tour à tour meneur puis suiveur.

Les rides qui prolongent en bouquets les pointes extérieures des yeux du voisin, dont la colère expressive les plisse davantage, cassent la coulée des ruisselets de sueur qui se forment sur ses tempes.

Lilian ne perle pas, ne parle pas non plus, mais rougit et parfois rugit en lion dominateur qu'il aime paraître.

Ils en sont là quand il arrive !

Pop déboîte à l'angle du mur. Du mur de l'ombre. Il est maintenant l'homme des ombres. L'homme des sombres. Pour que chacun trouve la lumière. La lumière qu'il allume en chacun.

Il ne s'impose par aucune conduite astucieuse, pas plus qu'impétueuse. Sa présence s'impose d'elle-même. La douceur désarçonnante qu'il dégage fait descendre de leurs grands chevaux les belligérants déjà repentants.

Pop, après chaque conversion, semble charger son aura d'une intensité supérieure. Maïna, comme l'autre fille à l'étage, retient son souffle pour ne pas repousser l'homme qui sûrement aura le don de réprimer la rixe.

Si Lilian et le voisin ont relâché leur volonté de se nuire, ils sont toujours en position de bataille comme si un gel soudain venait de s'abattre sur eux.

D'abord, Pop profite de ce temps mort pour diriger les canons vers le sol en alourdissant les armes de ses mains. Ensuite, il s'occupe de caresser le voisin. Du front à la joue. En passant par l'œil.

Lilian est perplexe. Il se recule, du reste !

Maïna pressent une réponse à ses interrogations. Elle est sous le charme du mystère.

Les regards dirigés jusqu'alors sur Pop se tournent vers le légataire obligé du voile à lever sur une énigme. Le voisin s'inquiète de cette convergence d'intérêts à son égard, surtout que Lilian s'écarte de lui comme pour observer avec méfiance une réaction expérimentale.

« Qu'est-ce qu'il y a, vous attendez que je tombe en poussière ? »

Lilian ne le quitte pas des yeux, comme s'il était devant une éprouvette au contenu effervescent, et demande à Pop : « Il y en a pour longtemps ? Il va avoir un œil comme toi ou quoi ? »

« Qu'est-ce qu'il a son œil ? » s'affole le voisin avant de se jeter sur Pop et lui arracher son bandeau sans que Lilian ait eu le temps de l'en empêcher.

A l'instant, il est intégré dans un surréalisme exigu dans lequel il étouffe. Prendre au sérieux les paroles de Lilian lui permettra de sauver sa lucidité, de ne pas sombrer dans la folie. Mais il est terrorisé en se figurant devenir ainsi. Alors il s'agenouille. Alors il pleure. Alors, l'arme à feu lui brûlant le bout des doigts, mais lui ne la lâchant pas, il prie, les mains jointes, les pieds en pointe. Il ferme fort les yeux pour éclairer son ciel de son espoir d'échapper à ça, à ce physique qui, selon toute vraisemblance du moment où il le perçoit, lui vaudrait de se terrer à jamais dans un espace hermétique aux jugements des autres ; des ahuris qu'il ne peut souffrir, lui le misanthrope, mais qui le martyrisent à l'instant.

Le voisin semble connaître le premier effet de la transfusion et, si nul n'est en affinité avec sa douleur, ils peuvent se représenter les flammes indécentes qui consument ses entrailles par l'incandescence qui habille son œil. Il se crispe sans résistance, appuyant, en toute inconscience, sur cette fameuse gâchette qui lui a joué un tour tout à l'heure, et qui recommence à présent, mais en détonant cette fois. Heureusement, pour lui et son entourage, qu'il avait encore les mains en supplication pour l'hypothétique dieu qu'il priait, mais aucune chance que ce dieu soit blessé par la balle : il est trop loin et trop près, trop « espacé ».

Seul Pop a maintenu sa verticalité – les autres ont plongé, comme à la télé, en prévision d'une rafale – il n'est qu'un instrument, comme le devient ce congénère, à produire des clones d'amour.

Alors que le néo-voisin sourit avec plénitude à tout ce qui l'entoure, Pop se tourne vers Lilian qui, soupçonnant de devoir subir le même traitement, ne le voit pas de cet œil et tente une conciliation, son aplomb légendaire lui faisant défaut : « Ok ! ... je comprends maintenant ! ... t'es gentil ... c'est sympa si tu penses à moi ... mais je me sens très bien comme je suis ! ... et puis ... si je dois changer quelque chose ... tu n'as qu'à me dire quoi et je deviendrai parfait ! »

Il recule en même temps et bute sur le néo-voisin en pleine découverte de son nouveau monde, mais qui ne ressent aucune rancœur après le trouble de tout à l'heure.

Lilian se fait du mauvais sang ; entre celui qui coule de sa taille et les deux zombies qui l'entourent, il est planté dans un scénario gore. Planté mais pas enraciné ! Et il remonte en toute hâte sans attendre la réponse de Pop et sans se soucier du sort de Maïna.

« Qui c'est, ces gars ? Des pirates, des ratés, des tarés ? On aurait pu y passer ! » Récrimine la fille, tapie dans l'appartement.
« Tu permets que je me soigne ? D'ailleurs, ils sont encore en bas et si tu tiens à rester quelques temps en sûreté ici, aide-moi, va chercher la trousse de secours. »
Coincée par la force des événements, elle n'a pas trop le choix et elle préfère jouer le jeu jusqu'où elle jugera bon de se jucher. Un plaisir nouveau s'était associé à celui qu'elle était venue chercher chez Lilian. Finalement, ses plaisirs allaient grandissants ! Tout cela devenait palpitant !

Après le dîner, le lit lancé dans un manège ébouriffant, un raisonnement s'impose à Lilian alors qu'il s'apprête à embrasser la fille qui empeste l'oignon dont elle a généreusement garni un plat auquel Lilian n'a pas goûté. Lilian a horreur de l'oignon. Son nez ne supporte pas l'odeur de l'oignon. Son estomac ne supporte pas de digérer l'oignon. Lilian ne supportera pas cette fille longtemps, mais elle semble comme domestiquée et, donc, pourquoi ne pas l'utiliser quelque temps ! Il évite alors sa bouche tout en débouchant son propre esprit sur le raisonnement au sujet de Pop : cet œil retourné traduit l'espoir d'un changement ; concrètement c'est une mutation ! Mais, au lieu de transmettre ce patrimoine héréditaire aux générations qu'il pourra engendrer, Pop opère directement une modification sur des êtres déjà constitués ! Il est un mutant contagieux. Il est un robot qui robotise ! Pop, et le voisin, après apposition de la main, semblent obéir aux mêmes ordres. Les mêmes programmes pèsent sur leur comportement.
Il est un messager qui n'a cure d'en découdre avec les opinions des futurs convaincus, vaincus avant tout ! Sans même leur avis, il les garnit d'une humanité qu'ils

embrassent sans aménité. Mais une fois celle-ci adoptée, ils vont, à leur tour, recruter d'autres adeptes par le même moyen, par cette force de soumission. Pratique ignoble, selon Lilian, à cause d'un sectarisme évident et malgré toutes les bonnes intentions apparentes.

Au milieu de ces considérations, les contours de Maïna se frayent fortuitement une place dans l'esprit de Lilian, à moins qu'il ne les ait tracés lui-même...

Questions:

Maïna, l'ont-ils... Sont-ils ensemble ? Les a-t-elle fui ? Devient-on chaste après ça ? Qui devient-on exactement ? Qu'est-elle devenue ?

Lilian l'a bien abandonnée aux griffes de ce néo-ennemi d'ex ami (c'est l'idée qu'il s'en fait ce soir, demain est un autre jour !). Mais devant l'heure tardive, le froid tombé avec la nuit, la chaleur d'un corps concret à ses côtés, il ne se reprochera pas cette lâcheté. Puisque aucune rétroaction n'est possible, son impuissance le conduit à baisser les bras et à minimiser l'importance de Maïna dans sa vie ; une vie capable d'accueillir encore une kyrielle de dames et de demoiselles.

Le voilà de retour dans le verbe acerbe de sa locataire du jour (la langue liée par le secret dessein du soir), qu'il va posséder cette fois dans une optique analgésique, pour évacuer ses pensées torturantes.

Pendant ce temps, comme des larrons en foire, les trois autres sont à l'affût dans une rue en fête.

« ça, c'est moins fun ! »

Maïna est bien là, mais elle a signifié expressément qu'elle ne voulait pas se soumettre à l'apposition des mains, prétextant préférer quelque temps les accompagner en observatrice. Etait-elle si mauvaise, après tout ?

Personne ne lui avait rien proposé ! Personne n'avait rien tenté ! Personne ne l'avait jugée ! Elle s'était sentie obligée !

Pop avait l'œil éclairé lorsque Maïna s'adressait à lui, et il ne voulait surtout pas la brusquer. Il ne la mènerait dans sa lumière que si elle ne perdait pas la sienne. Il allait juste garder un œil sur elle afin de la protéger du mal.

Maïna, en fille pertinente, voyant un aveugle, demande aux « apôtres » qui la précèdent si, en supposant que celui-ci en veuille au monde entier et cherche en permanence des occasions de se venger à cause de son malheur, il lui serait possible de connaître l'œil du cœur.

« Ma chère » répondit le voisin « ces gens sont bien assez punis, et souvent c'est immérité, mais après la colère, pour les malvoyants accidentels, vient la sagesse, et, n'ayant plus le modèle du mal sous leurs yeux, ils ne peuvent que suivre la voie du cœur, qu'entendre la voix du cœur, et ils ne voient que ce que cœur voit. »

Maïna: « Je ne crois pas que tous les aveugles soient des saints. »

Pop: « Tu as raison ! Il existe aussi ceux qui sont aveuglés par la haine. Il existe aussi tous ces gens dits normaux qui ne voient pas plus loin que le bout de leur nez, malgré une acuité visuelle parfaite, et qui découvrent et s'arrêtent à leurs imperfections physiques sans s'engager dans des investigations critiques sur les comportements humains en général et des conditions de vie autrement déplorables que leurs petits tracas personnels ! »

Le voisin s'écarte de la rue principale et cherche un coin pour uriner, au-delà des caravanes des forains. Un discours, provenant d'une télé branchée sur un débat politique, l'interpelle. Un homme bafoue ouvertement les droits de l'homme. Et cela est d'autant plus inquiétant qu'il s'est constitué un électorat qui lui permet d'être un candidat à la présidence d'un pays.

Un raciste aigri, gras et grossier. Un xénophobe à la solde du fantôme d'un dictateur. L'esprit cloné d'un tyran. La réincarnation d'un despote. Qui est donc cet être abject, doté d'un patriotisme sans limite ? Un patriotisme aiguisé par une sélection de couleur de peau. Son sens aigu de l'audition télévisée a, semble-t-il, compenser son sens optique défaillant, son œil étant ostensiblement barré d'un bandeau bistre.

Le voisin est tellement horrifié, qu'il en oublie son besoin urinaire et ramène là Pop et Maïna pour qu'ils soient aussi les témoins de cet outrage proféré par cet odieux personnage.

Pop place une main sous une aisselle et tapote son front avec le bout des doigts de l'autre main, les yeux mi-clos. Pensif, absorbé par le petit écran, Pop monologue à voix monocorde : « En politique, une pratique opportuniste consiste à retourner sa veste. Quand cela est le résultat d'une réflexion amenant à reconnaître son erreur, il ne faut pas en vouloir à la personne. Bien au contraire, ça peut être un acte noble et courageux. Car comment admirer un individu qui persiste dans la mauvaise voie sous prétexte qu'il s'y est engagé et qu'il lui doit fidélité, refusant pour cela d'admettre un tort dont il a pourtant pris conscience. On va les voir, bientôt, tous les hommes politiques retourner leur œil ; reconnaître leurs tricheries, leurs corruptions, leur hypocrisie, leurs prévarications, leurs mensonges, leurs spoliations, et elle n'est pas exhaustive cette énumération ! On va les voir basculer du rôle de voleur à celui de convoyeur du bonheur ; le bonheur de se découvrir un potentiel d'amour inexploité, jusque là insoupçonné .»

La face de Maïna fait front à l'écran depuis la première phrase de Pop, mais ses yeux sont excentrés au maximum vers lui. Son buste raidi, en déséquilibre avant, retenu par la vitrine sur laquelle elle s'appuie, les mains plaquées, les doigts en éventails, le bout de son nez collé, aplati, refroidi, à cette matière réfléchissante et quasi invisible (lorsque aucune trace ne la trahit). Maïna se compare un peu à cette vitrine. Elle aussi présente de bien belles choses, qu'elle vend parfois, seulement pour des sommes déraisonnables à des hommes misérables, mais pas miséreux ! Elle aussi est invisible. Et on peut se casser le nez sur elle si on fonce droit sur les présentoirs sans présentation, sans correction, ni sa permission.

Et si cette diagonale au milieu de la figure lui apportait vraiment plus ! La trace qui fait grâce, comme une vitre marquée d'un coup de pinceau pour attirer l'attention. Force est de constater que Pop ne s'en plaint pas, lui, de ça, bien au contraire ! Mais le physique prend un coup de moche, quand même, et Maïna y tient à son beau minois.

Elle a de plus en plus confiance en lui, mais elle a peur de le suivre.

Il est de plus en plus amoureux d'elle, et il ne veut pas la voir changer.

La journée se termine sans que rien d'extraordinaire d'autre ne se passe. Maïna est déçue de ne pas les avoir vus à l'œuvre. D'après elle, la passivité qui fut leur, leur confère bien peu de hargne pour mener à bien leur campagne puis fêter ça ensemble au champagne. Ils arguent que le plus long, le moins spectaculaire, le moins visible, mais le plus important, est toujours la mise en place, le soubassement. Une réaction en chaîne ne devrait plus tarder. Le citoyen le plus modeste est un transmetteur potentiel, mais toucher les maîtres, sur leur piédestal, aux sommets des pyramides laïques, religieuses, militaires, serait plus efficient.

S'il est difficile de les atteindre, il ne reste qu'à s'attaquer à la base, à la masse. Ce sera plus long. Mais une fois un peuple transporté dans un état extatique, une fois un peuple hors d'atteinte de la douleur des sévices de son dictateur, dans un état antalgique, une fois un peuple décroché d'un pouvoir abusif, que reste-t-il à son oppresseur, à son exécuteur, pour assouvir son sadisme, pour faire état de sa grandeur ? Dans le cas où son armée le soutiendrait encore, il ne lui resterait que l'holocauste pour consumer sa colère ; puis l'ennui. Il lui resterait aussi la fuite dans un autre état ; mais si tous les états en étaient à ce point, il ne lui resterait vraiment que le suicide ou la soumission !

L'individu de la télé est, malgré tout, devenu une cible pour Pop et ses amis.

« Ils savent pas c'qu'ils veulent, ces deux là ! »

ŒŒ

Déjà deux matins à se dire qu'il faudrait qu'il vire Eva. Elle s'est, semble-t-il, trouvée là au moment où Lilian avait besoin d'une présence à laquelle se raccrocher. Une présence plantée là pour pousser sa solitude au dehors. Une présence sur laquelle planter les crocs d'une irritation. Une présence dans laquelle planter une turgescence à soulager avec diligence.

Aucune hardiesse n'a incité Lilian à une halte à l'étage de Pop. Il refuse cette réalité surréaliste. Le pire c'est qu'il y a pris part et qu'un priapisme ambigu le poursuit depuis. Il bande son plaisir d'avoir trempé les pieds dans la source d'un nouveau monde, mais l'arc d'un ange incertain s'apprête à lâcher la flèche dans son œil pour le faire chavirer dans le fleuve aux effluves purificatrices.

Lilian propose à Eva de l'accompagner dans un piano-bar.

Elle attend qu'il se douche pour passer un coup de fil, en douce. Sûrement à un autre amant !

Il sort avec une Eva évanescente malgré son resplendissement.

Absorbés, chacun dans sa cogitation, ils se laissent imperceptiblement pénétrer par la musique blues, soul, et la voix rauque de l'interprète. Le choix du répertoire aurait pu être inspiré par Pop, tellement les thèmes sont en corrélation avec sa nouvelle personnalité et sa vision d'un monde d'amour : du Stevie Wonder, du Ray Charles !

La soirée et une partie de la nuit se passent à boire, à peu discuter, à s'affaler dans un fauteuil, à se laisser aller enfin au son divin de cet instrument manié, semble-t-il, par un ange virtuose.

Avant de prendre congé des lieux, Lilian, apaisé par les effets combinés de l'alcool et de la musique, s'intéresse au pianiste et s'avance pour le féliciter.

C'est un choc !

Cet homme, à la peau noire, est borgne !

Il porte un pansement sur l'œil, et il se retourne en jetant des regards tendres à Lilian, sans cesser de jouer. C'est certain, il l'a rencontré !

« Vous l'avez vu, n'est-ce pas ? »

« Oui ! »

« Quand donc ? »

« Cela me semble depuis toujours ! »

« Où est-il ? »

L'homme répond en posant sa main droite sur son cœur :

« Je savais qu'il était là, mais je ne le voyais pas. Je ne m'y intéressais pas ! »

« Ca t'a fait du bien, ok ! Si ça te fait plaisir, j'en conviens ! Mais Pop, il est chez lui ou quoi ? »

« Vous ne l'avez jamais vraiment connu, n'est-ce pas ? Vous allez vous rapprocher, c'est inévitable ! » et, un sourire en coin, il revient à son refrain, à sa chorale de noires et de blanches cohabitant sans anicroches.

Lilian n'insiste pas et sort arpenter les rues. Eva s'avance aussi avec lui. En cette douce nuit, Pop est sûrement sur le macadam, comme un quidam, se défoulant sur les âmes. Et Maïna y est peut-être, aussi !

Questions ! Questions ! Pléthore !

Il a peur de devenir un homme bon. Qu'est-ce que la bonté ? Qu'est-ce qu'un monde bon ?

Un monde dans lequel on prie du matin au soir, chaque jour ? Dans lequel on remercie un dieu pour la vie qu'il nous a offerte ?

Quand une personne vous offre un cadeau, on la remercie une fois pour toutes. La remercier chaque jour l'irriterait plus qu'autre chose. Elle en viendrait même à penser qu'on se moque d'elle ! Si l'on considère que chaque jour supplémentaire vécu est un cadeau puisque, qu'on le prie ou pas, Dieu ne nous en prive pas, alors, dans un aspect analogue, même sans être une divinité, la personne qui ne reprend pas son cadeau les jours suivants devrait être remerciée chaque jour dorénavant ! N'est-ce pas absurde ?

Qu'est-ce que la bonté ? Se demande vraiment Lilian en cherchant à la faire éclater sur un sujet le concernant au plus haut point... d'interrogation !

Est-ce d'aimer ou de ne coucher qu'avec une seule femme ? De lui dire son amour chaque jour ?

Et puis peut-on apprécier le bien quand le mal n'est plus là pour le valoriser ? Trop de bien, n'est-ce pas un mal ? Quand vient le soleil après de nombreux jours de pluie, il est particulièrement adoré. Mais s'il darde depuis des mois, il barbe en rabat-joie. Il assèche, il assomme, il fait transpirer, il ralentit. Il sollicite la prière pour un rafraîchissement à l'eau de pluie.

Et puis, il pleut !

Lilian prend une goutte dans l'œil en voulant dévorer le spectacle des trombes d'eau s'abattant sur les têtes. Ces trombes d'eau qui, vues de dessous, s'élargissent comme un cône en traversant le champ lumineux des lampadaires.

Et le borgne, à ce propos, où est-il ?

Et cette fille toujours dans mes basques, Eva ! Je ne suis pas un bon coup au point qu'elle ne me lâche plus d'une semelle ! Je le saurais depuis le temps ! Je ne sais même pas si elle travaille ! Serait-ce pour mon argent alors ?

Ils se dirigent vers le sous-sol dans lequel est parquée la voiture.

Lilian imagine qu'Eva s'en va, qu'elle s'évanouit dans les lueurs de la ville, car elle prend une certaine avance. Mais son pas précipité n'est qu'un leurre. Elle s'arrête, se retourne, croise les bras, et montre une disposition à attendre le temps nécessaire à Lilian pour qu'il la rejoigne. Elle n'est donc pas pressée, c'est Lilian qui traîne !

Pour arriver jusqu'à la résidence, la voiture a dû traîner aussi ses nombreux chevaux plutôt qu'être propulsée par eux, tellement elle a mis de temps. Aucun brouillard, habile à mutiler les faisceaux lumineux dans son antre aux épaisses parois, n'a ralenti l'engin. Lilian seul souffre d'une brume qui altère son humeur !

Pourtant, au bas de l'immeuble, ses yeux s'écarquillent !

Carreaux cassés qui brillent alertent son esprit pro et ravive une témérité depuis peu révélée et déjà effilochée.

En effet les lumières artificielles du parking extérieur montrent les traces d'effractions perpétrées au rez-de-chaussée.

Abandonnant sa voiture et Eva, sans l'avertir de ses constat et intention, Lilian ne s'encombre d'aucune rancune, et s'enfonce dans le noir de l'appartement du voisin après avoir escaladé, en procédant comme Maïna, pour accéder à la fenêtre de la chambre, seule ouverture murale dont les volets ne sont pas clos.

Plutôt que de se faire repérer par de petits bruits inévitables qui indiqueront sa position à des personnes déjà accoutumées à la pénombre, il éclaire franchement la situation en pressant l'interrupteur de la pièce. Puis il avance avec une relative prudence, en ouvrant la voie du bout de son nez, tel une girouette, flairant le bon vent pour la meilleure direction.

La salle de séjour est la dernière qu'il allume.

Et là...

Sur le dos, comme un magnet, en relief sur le parquet, le voisin est plaqué sur une place couverte de sang. Il occupe cette bulle rouge et plate, dernière page de son histoire, sans même l'avoir remplie d'indices, phrasés ou subreptices.

Lilian ne peut s'approcher du visage sans se tacher de sang, il assumera le fait d'entacher un peu plus son honneur à la dérive, en n'essayant aucun geste de premier secours. Pas une arme, pas une plaie, n'est apparente sur cette face. Surtout ne pas le retourner !

Il efface les rares empreintes qu'il a pu laisser, notamment sur les interrupteurs, éteint les lumières, et ferme la porte d'entrée avec la manche de son pull qu'il a fait recouvrir sa main. C'est d'ailleurs par cette porte que sont sortis les criminels parce qu'elle n'est pas verrouillée.

Quelques bonds l'amènent à l'étage supérieur pour s'assurer, enfin, qu'il en est autrement pour Pop.

Aucune fenêtre ne semblait cassée, vu de l'extérieur, et la porte est verrouillée.

Si Pop en a réchappé cette fois, pour une absence congrue, des mesures de protection devront être envisagées par la suite.

On en voulait à ces hommes pour ce qu'ils valaient de cœur au service du royaume de l'amour.

A l'étage du voisin des pas se font entendre. Mais, pas plus que Lilian, la ou les personnes n'allument la cage d'escalier.

La porte du voisin se range au passage de la ou des personnes qui la soumettent à une prise de main.

Lilian regarde par un carreau de la cage d'escalier si Eva est là. Elle n'est plus là.

Est-ce que c'est elle, en dessous, sinon que lui a-t-on fait ? Il n'est pas là à étudier le dossier d'un client, il vit une aventure directement. Il devrait sans doute modérer l'effervescence habituelle de son cerveau, et garder la tête froide. Il n'en fait rien.

D'autres bonds le ramènent chez le voisin, et, sans précaution, il ouvre la porte presque violemment.

Eva varie sa position juste à ce moment. Que faisait-elle donc ?

« Je prenais son pouls pour être sûr qu'il n'y avait plus rien à faire. »

« Et alors ? »

« Cette fois c'est sûr, malheureusement, y'a aucune chance ! »

Elle avait déplacé le bras droit. Celui-ci était, à l'origine, dans le prolongement de la tête, avec en terminaison le poing fermé. La tête elle-même a été bougée, puisqu'elle était tournée vers ce bras et qu'elle est, à présent, basculée de l'autre côté. Le reste est inchangé. Les jambes jointes, dans le prolongement du corps. L'autre bras accolé au buste ainsi qu'à la cuisse gauche, avec la main ouverte et presque tendue.

Lilian lui fait remarquer son manque de prévoyance. Du sang sous les chaussures laissera des traces qui entraîneront des tracas.

« Pour secourir » rétorque-t-elle « il faut s'investir quelles que soient les conditions ».

« Sauf qu'on a rien vu, rien entendu, et donc rien tenté... si tu vois ce que je veux dire, mademoiselle ! »

Elle aurait donc tenté de sauver cet homme ! Etrange, ce sang froid, ce dévouement ! Mais après tout, Lilian la connaît si peu... Il connaît surtout son corps. Ah oui ! Son nom aussi ! Eva !

Eva, donc, pose ses chaussures. Ils nettoient les marques de sang qu'elle a fait déborder de la flaque. Ils vont s'assurer que la voiture de Pop n'est pas là. Ils rentrent. Lilian décide d'appeler la police. Eva ne veut pas. Elle suggère d'attendre Pop qui saura mieux que quiconque quoi faire. Lilian, épuisé, acquiesce sans débattre, pose chaque chaussure à l'aide de l'autre pied, et passe ainsi sous la couette. Vaille que vaille ! On verra demain ! Le surnaturel de la situation le propulse dans un laxisme inédit.

« ça, c'est une nuit propice à des rencontres ! »

Œ

Pop n'est plus très loin de la résidence. Il est sorti seul ce soir. Il rentre à pied car il a laissé sa voiture quelque part. Il ne sait plus où, exactement. Elle est peut-être à la fourrière puisqu'il l'a garée en catastrophe, en double file, pour prendre son chirurgien esthétique en filature.

Il va finalement l'accoster, pas pour le morigéner mais pour le régénérer radicalement et rapidement, quand celui-ci bifurque dans un sexe shop.

Pop n'hésite pas et le suit. Ils descendent un escalier menant dans des compartiments, des isoloirs dans lesquelles on peut faire s'écarter un rideau automatisé en payant directement la machine. Pop occupe le local contigu à celui du chirurgien. Il suit la marche magique pour découvrir le show qui se cache encore à sa vue. Revivra-t-il un jour ce qu'il vit à ce moment ? Une créature à en lécher le verre séparateur ! Une créature alléchante, quoi !

« Allez ! Enchante mon serpent ! » Divaguaient les voyeurs avoisinants.

« Tu me ferais déchanter, si je n'avais pas changé ! » s'indigna quelque peu Pop, avec une certaine amertume. Mais son nouveau statut, de pierre et d'amour, lui fit retrouver vite une froideur et une rémission envers celle qu'il avait immédiatement reconnue : Maïna.

Sans plus un mot, sans un mouvement, il attend patiemment. Le tablier de l'écran vient rhabiller Maïna, et Pop sort pour revoir, l'air de rien, cet homme qui, chaque jour dans une clinique, refaçonne des corps contre une offrande... bien grassement monnayée.

Il part, tête basse, lorsque Pop le bouscule pour s'excuser et retenir son attention un instant. Mais il ne le reconnaît pas et poursuit son chemin. Pop l'intercepte et se présente à nouveau.

En accompagnant le mouvement subtil de sa main, démontrant tout en caressant le visage hagard du chirurgien qu'il maîtrise du regard, il explique :

- « Vous deviez me refaire de là à là ! »
- « Désolé, je ne vous remets pas ! »
- « Peu importe, à présent, c'est moi qui vous remets, sur un sain chemin ! »

Le processus est enclenché. Pop réaménage son intérieur, en lui faisant juste payer « cache » un œil se tournant vers un cœur esthète.

Il n'attend pas Maïna.

Il n'oubliera pas ses formes !

Pop n'est donc plus très loin de la résidence !

Il a converti à tours de main, après l'épisode du chirurgien plastique. Des bons comme des mauvais, mais que des tristes ! Il dit que tous les gens sont tristes ! Il aime à dire que des gens tristes il prend deux larmes qu'il accole et retourne pour en faire un cœur. Un vrai cœur pour combattre la tristesse ! L'arme de choix qui est cette boîte à rythmer la vie offre alors des larmes de joie aux néo-amoureux de la vie. Son optimisme, ravalant les épreuves difficiles imposées par la nature, l'œil du cœur ne pleure que dans le bonheur extrême.

Des hommes surgissent, des skinheads. Ils capturent Pop, et le porte sur une place parsemée d'arbres et de bancs qui font écran pour exécuter leur besogne. Ils le plaquent au sol et le martèlent de coups de coudes, de poings, de genoux et de pieds sans prendre la précaution de le bâillonner. Ils savent ce qu'ils font car il ne crie pas. Juste quelques souffles ébruités dus aux pressions de certains chocs sur le thorax ou l'abdomen. Ils savent ce qu'ils font parce qu'ils sont les meurtriers du voisin qui n'a jamais tenté d'émettre un son, même minime. Alerter, c'est mettre en danger, et l'œil du cœur intime d'affronter en solitaire de telles situations.

Un sadisme et une euphorie font s'éterniser le spectacle auquel assiste, collé à l'écorce d'un tronc, Michel Jason, subordonné à l'inspiration que lui procure sa musique à l'instant précis. Et elle n'incite à aucune intervention. Jugulé par des clés de fa fatalistes, endormi par des do graves enchaînés, Michel Jason s'empêtre dans des mélodies mystiques et macabres muselant toute opposition. Il est comme devant sa télé. Il endure sans aucun pouvoir. Il lui reste celui d'éteindre, de zapper, de fermer les yeux, mais il aimerait tellement que ça se termine bien, qu'il va regarder jusqu'à la fin ; pour savoir et ne rien regretter.

Soudain résonnent des claquements de volets. Un travailleur se réveille en plein milieu de la nuit pour aller gagner sa croûte. C'est le boulanger du coin. Il a les yeux presque fermés, la bouche grand ouverte, et les oreilles encore pleines de miel. Devant son fourneau il n'utilise pas de coiffe car il n'a plus de cheveux à perdre mais ils se seraient hérissés, s'il en avait eu, car il voit (sans le reconnaître) Michel Jason dans l'ombre de l'arbre et il le suspecte de quelque manipulation phallique.

- « Hé ! Vous là-bas ! Qu'est ce que vous faites ? »

Les skins, qui avaient cessé de tabasser en attendant qu'il referme sa fenêtre, le prennent pour eux et commencent à répondre des injures, l'un d'eux maintenant Pop fermement au sol.

Ne voyant pas exactement d'où, ni de qui cela provient, le boulanger lance à la cantonade :

- « C'est quoi ce bordel ? C'est un repère de PEDES ici, maintenant ? Je vais en parler aux flics, moi ! »

Pop, dont la tête a été relativement épargnée jusque là, et a donc gardé sa lucidité, s'efforce au plus vite et avec le plus de conviction possible de couvrir de sa main le visage du plus atteignable.

- « Merde ! Le con ! Il l'a fait ! »
- « Putain, tu déconnes ? Elle nous avait bien dit de faire gaffe à nos gueules, pourtant ! »

Celui qui a été touché s'attrape le visage à pleines mains comme s'il tirait sur un masque qu'il refuse mais qui prend déjà possession de son épiderme. Il plaque ses mains sur ses joues puis les secoue pour se débarrasser d'une éventuelle substance épidémique, comme s'il les égouttait, dégoûté qu'il est de quitter dans l'imminence son fond de fiente sur lequel il crèche, affublé de sa crête de coq qui combat tout étranger à sa basse-cour.

Fulminant, après avoir tourné plusieurs fois sur lui-même, il expose sa face à son congénère aussi dégénéré :

- « Mer'demer'demerde ! J'espère qu'on l'attrape pas à tous les coups cette connerie ! Dis-moi qu'j'ai rien, du con ! Je vais le mettre en charpie, ce mec ! »

Mais, déjà, il bascule dans un bon fond et ne reçoit donc pas la réponse négative de son ami horrifié. Ce dernier, s'avisant de son incapacité à remédier à ce phénomène énigmatique, charge sa violence d'une vengeance meurtrière. D'une rangers, il frappe Pop à la tête. Il dégaine ensuite un poignard, pose un genou à terre, saisit le poignet de Pop qui tente en désespoir de cause d'atteindre la ligne front-œil-joue de son agresseur, puis il lève haut le bras afin de porter l'estocade.

Un coup de feu fige sa férocité. Il s'effondre sans avoir frappé.

Le boulanger a tenu parole. Les flics patrouilleurs, et pas trouillards d'ailleurs, ont fait un saut dans le coin puisque d'ici ils n'étaient pas loin. Ils embarquent l'autre skinhead, étrangement calme à leurs yeux, ainsi que Pop pour sa déclaration, et sa plainte éventuelle.

Le boulanger a tout vu de loin, il ne se doute de rien, et pour lui la journée commence bien. Il a de quoi alimenter les conversations avec ses clients. Les infos à la télé, c'est bien ! Mais ça ne vaut en rien un direct sur le terrain !

Michel Jason est tétanisé. Son casque audio embrasse son cou par la nuque et il est assis derrière l'arbre, les bras croisés, et la tête tombant sur ses genoux. Les premières agitations de la journée ne s'immisceront pas dans l'intrigue qui le lie à son rêve. La justice y est justement ignorée puisqu'elle n'est opposable à aucun fait délictueux, à aucune pratique irrespectueuse. La brise tiède qui y règne rappelle celle qui frôlera Michel Jason, lorsque quelques feuilles glisseront sur ses épaules, et ensuite des enfants turbulents viendront le bousculer et il les fuira sans trop comprendre tellement il s'apaisait là-bas, pas si loin que ça, à une évasion de là.

« Tu les aimes bien ces flics ? »

☞

Lilian se réveille en sursaut, conscient d'avoir été le jouet de Morphée. Ce sommeil, un peu trop réparateur à son goût, il n'en voulait pas puisqu'il tenait au moins à se rassurer, au plus tôt, du retour de Pop.

Eva est tout aussi endormie qu'il l'était, avec le visage gonflé par ce trop plein de sommeil.

Lilian la secoue et lui fait remontrance de cet assoupissement puisqu'il semble qu'elle ait éteint le réveil au petit matin et se soit rendormie profondément.

Il s'inflige un bémol pour ne pas la brusquer au-delà d'un raisonnable qu'il aurait volontiers outrepassé tant à la vexation de ne pas avoir été à la hauteur, ce matin, s'ajoutait peut-être un échec irrattrapable, celui d'avoir failli au secours de Pop cette nuit.

Il n'attend même pas les excuses d'Eva, qui d'ailleurs se contente d'en faire l'économie, qu'il fonce à l'étage et cogne à la porte. Rien ! Il sort inspecter les extérieurs. Rien !

Rien de nouveau, rien ni personne !

Sa mine soucieuse convie une dame très âgée, mais très en jambes, à l'interroger sur son tangage.

- « Je vous vois monter, descendre, lever la tête, baisser les épaules. Vous avez perdu votre chien ? »

Le sien lève la patte sur un angle de pelouse piétinée, et donc raréfiée, pour en faire un peu de boue.

- « Non, madame ! J'ai perdu un ami ! »

Elle en profite :

- « Mon chien aussi, c'est mon ami ! Et quand je le perds, c'est qu'il est mort ! Alors j'en prends un autre, d'ami ! »

- « Merci du conseil, mais j'espère le garder encore quelque temps, le mien ! Même si je le néglige quelque peu... »

Un silence inonde l'appartement. Il est étanché par un clapotis venant de la salle d'eau. Eva vaque à une détente inconvenante en de telles circonstances. Lilian lui fait remarquer cela, aigrement, et enchaîne aussitôt, pour ne pas envenimer un échange jusque là maintenu modéré, en suggérant de tout déballer à la police. Il n'est même pas sûr d'avoir été dans la salle d'eau au moment de cette suggestion, ni de l'avoir prononcée à voix haute, tant il se fiche éperdument de l'avis d'Eva...

Il décroche. Il compose. Il est surpris par la douceur et l'attention de son interlocuteur. En confiance, Lilian l'avocat se lâche au téléphone et n'omet aucun détail sur les derniers jours qu'il vient de vivre. Il s'attend à une convocation immédiate au poste, à une mise en branle pour mener tambour battant cette affaire. Que nenni ! L'homme, placide, lui annonce que son ami Pop est choyé dans un hôpital, que la mort du voisin est attristante, que les auteurs de ces crimes sont neutralisés, et qu'il devrait prendre un bon bain chaud avec sa chérie !

Clore ces révélations par cette ironie (c'est ainsi qu'il le prend car il n'a pas de chérie, même pas une doublure !) tendrait à prouver que ces flics sont des devins, ce qui expliquerait la rapidité avec laquelle ils ont clos cette enquête avec succès.

L'ironie n'est en fait qu'une coïncidence, et Lilian comprend (en ne se gênant pas pour ironiser, réellement, un sourire !) ce qui a pu se passer cette nuit dans les locaux du poste de police.

Eva, empressée de savoir : « Alors ! Qu'est-ce qu'ils t'ont dit ? »

Lilian, la bouche encore débordante du plaisir produit par cette nouvelle, sent ses mains osciller entre un frottement de satisfaction et l'envie de repousser Eva : « Très bon, très bon ! Ben... de prendre un bon bain ! Seul... et joyeux comme un bambin ! »

Eva ne relève pas et baisse la tête et les paupières pour afficher son affliction.

Le policier qui accompagne le skinhead qui porte un bandeau, porte aussi un bandeau. Le groupe qui les suit est composé de collègues qui arborent le même attribut. Dans le commissariat, tous sont dans le même état. A l'origine : le skin qui a involontairement inoculé le bandeau dans la bande. De parasite primaire il a été promu apôtre. Un effet boule de neige a parachevé son action.

Dans leurs interventions auprès des contrevenants, les policiers ont perdu leur côté procédurier mais gardé ce côté « exécutant discipliné » (...) très utile à une propagation rapide de l'œil du cœur.
Sur une route départementale, à quelques encablures des faubourgs de la ville (le terrain de recrutement s'élargit), un homme pressé ne freine aucunement au stop qui se dresse au devant de son véhicule. Il manque de causer un accident avec deux voitures transportant plusieurs passagers mais qui l'ont évité de justesse. Il est immédiatement poursuivi et arrêté. Il est conduit à la fourgonnette. Là, il n'a besoin de personne pour le questionner, il se débrouille très bien seul : « Mon dernier whisky coca était-il si corsé que je vois des corsaires en tenues policières ? ».
L'un des agents tend le bras et l'homme animé par la méfiance, se lève aussitôt. Aussitôt rassis par quatre autres bras. L'agent, une seconde fois, lui présente ce bras qui se termine par une main avec laquelle il enrôle à tours de bras contrevenants ou pas dans l'hypnotique vision d'un collectif accru. Dans l'équipe grandissante de l'œil du cœur quoi !
Pourtant blanc de peau, de divine sentence, en se faisant embarquer l'homme avait cru se voir infliger des violences. Mais peu de minutes après c'est lui qui cogne, qui fait voler des objets, qui shoote dans les parois, dans

les tibias. Avant de recouvrir sa nature congénitale, il s'évade découvrir la nature environnante et s'en va patauger dénudé dans une boue tabou (selon ceux exécrant la salissure) mais qui délivre opportunément quelques vertus thérapeutiques aux pieds de cet homme stressé. Les policiers, attendant l'effet terminal qui se coule en lui, se félicitent de cette prise car à constater l'instantanéité de l'entame du processus de transformation ils en déduisent que cet homme était loin d'être un saint.

La ville connaît son temps de caresses, et ce phénomène dépasse ses limites jusqu'à toucher d'autres villes en transitant par les villages.

Des lieux clés sont entièrement dirigés par les adeptes de l'œil du cœur ; à commencer par le corps militaire, les institutions pour l'ordre public, quelques mairies, des stations de radios émettrices, même les remparts de l'ordre religieux ont cédé.

Ce phénomène exponentiel atteint des proportions imprévisibles. Il ne viendrait à personne, membres autant qu'opposants, l'idée de le répertorier dans un livre des records, par méprise pour les uns, et pour les autres à cause de son caractère imbattable (les records étant faits pour être battus) puisqu'il est censé être une réalisation unique à pérenniser.

Les journaux, sous la direction de ces agitateurs placides, sont entièrement réformés. Les bonnes actions sont valorisées sans pour autant escamoter l'information sur l'évolution du conflit avec les réfractaires qui, selon toute vraisemblance, devrait s'étioler, hoqueter, expirer. Aucun prosélytisme n'apparaît dans les articles qui ne sont ni de pêche ni de prêche et dont les lignes inspirées sont tendues sans hameçon. Seules importent les actions directes puisqu'elles sont seules garantes d'efficacité.

Conformément à une logique de convenance pour une frange de la population, tout ce qui n'est pas « borgne » est « anti-borgne ». Des bandes de révoltés survoltés naissent de ce précepte et chassent les chaînons humains de cette liaison obscure avec une existence prétendue pure.

Au sein de « l'œil du cœur », si de nombreux assassinés sont à déplorer, pas un ne sera pleuré.

Parce qu'inéluctable, la mort est une fatalité ; parce qu'indiscutable, bien vivre ensemble est une finalité.

« Si elle dit oui, sûr qu'il dit pas non ! »

Un soir, Pop, Maïna, Eva et Lilian, sont réunis entre sept yeux.

Ils sont chez Pop, autour d'une table ronde, et la prolongation d'un silence rendu parfait par le malaise duveteux qu'il éveille est à frustrer les oreilles. Chacun semble chercher des réponses à des questions qu'il ne se pose pas. Pop tente par télépathie de diffuser les bonnes ondes de son âme assainie à son assemblée. Ils reçoivent l'intention mais se cabrent dans un hermétisme guidé par la crainte de flancher vers l'affranchissement de leur vision tellement familière de la vie malgré ses avatars avérés. Le stress augmente. Le temps devenu trop long et le silence rendu de plomb, une réduction serait favorablement accueillie. Pop, dont les épaules fourmillent pour lui rappeler le poids de sa responsabilité dans cette ambiance, se lève de son « Saint-siège » et ses trois apôtres (du moins en sentent-ils l'habit flotter au-dessus de leur tête, prêt à les y engouffrer pour étouffer leur liberté à la moindre défaillance) se lèvent aussi, convaincus mais maladroits, déséquilibrant une chaise pour l'un, l'autre soulevant la table des cuisses parce que placées trop en dessous, la dernière tenant les mains jointes, doigts croisés, et la tête baissée en signe de respect.

Pop s'emploie immédiatement à détruire la déférence démesurée dont il fait l'objet. Se rabaisser en objectant est à tenter ; sous la pression de cet échec à demi, un désordre vulgaire mais contenu lui échoit en son fort intérieur : il va devoir se faire chier pour se faire choir de son piédestal !

« Je ne suis pas celui que vous croyez ! » lance-t-il en amont d'une inspiration.

Puis il se dirige vers la machine à café en précisant son intention d'en préparer pour tous, ici présents. Il n'attend aucune aide afin que cette forme d'humilité amenuise la grandeur qui lui est attribuée sans qu'elle nuise à la confiance qui lui est portée. Mais Maïna, après avoir démêlé ses doigts, s'en mêle en commençant par s'emmêler mots, langue et lapsus : « Eh ! Eh ! At... attends ! Je te prie... je t'en prie ! Tu vas pas nous servir ! Laisse moi faire... mais si, Messie... laisse moi faire !

Ils se retrouvent donc tous les deux en cuisine : Maïna, soutenue par des jambes flageolantes parce qu'elle réalise de plus en plus qu'elle côtoie un personnage prochainement important dans l'histoire du monde ; Pop, dérangé parce qu'il ne supporte plus cette escalade vers une vénération à son endroit, surtout de la part de Maïna qu'il voudrait sensible à l'amour qu'il lui porte. L'amour d'un homme, animé aussi sexuellement, pour une femme attirante, aussi sexuellement.

Il faut absolument saisir l'occasion, il doit lui dire ! Il doit lui dire qu'il se soucie de l'humanité dans une globalité mais qu'il garde un œil sur elle, Maïna, et pas celui qui est ouvert, non, mais celui qui est le plus enclin à voir ce qui mérite de faire vibrer son cœur de bonheur. Et c'est elle qui le fait vibrer. Parce qu'elle est tout et tant, parce qu'elle est ce qu'il attend : juste, joyeuse, jeune et jolie (il pense ces mots comme s'il avait déjà vécu une scène similaire mais il y réfléchira plus tard). Il doit lui dire qu'il veut l'aimer telle qu'elle est. Qu'elle ne doit pas changer ! Qu'il lui apprendra ce qu'il a découvert ! Il lèvera la main sur elle mais ne la touchera pas au visage ! En fait, il posera sa main sous son sein, sur sa peau nue et tendue comme une oreille à l'écoute de mots doux. Et par cette main elle s'entendra, comme dans une caisse de résonance, et dans cette main elle s'étendra, en toute confiance, elle soulèvera son aube pour dévoiler sa pleine lumière ...sans avoir besoin de rectifier l'œil de visée !

Que cela serait beau ainsi ! Et tellement satisfaisant pour tous les deux ! Les avantages sans les inconvénients !

Il doit entraver la spéculation qui l'égare afin de s'exposer vraiment à la fascination de Maïna. De ce fait il se confronte à l'immanence qui délaie ses intentions les plus réalisables et, en une telle situation, il accouche d'un balbutiement ; il double quelques préfixes ainsi que pronoms personnels, triple quelques articles, et se permet même un quadruple sur le ma de Maïna, trahissant quelque peu son désir martelant de possession amoureuse (possession au sens affectueux, et jalousie retranchée bien sûr !).

A-t-il tenté une déclaration d'amour ?

Maïna, perplexe, quitte le centre approximatif du visage de Pop et se trouve des objets, spectateurs silencieux, à regarder de la sorte, quittant l'un pour en trouver un autre, et ainsi de suite, comme à la recherche d'une aide peu probable mais indispensable. Pas un ne répond mais Pop reprend, plus clairement :

« Quel est... ton but dans la vie ? »

Voilà une question qu'elle est bonne ! Pour Maïna ! Enfin... à première ouïe ! Parce que Pop ne pense plus comme tout le monde !

« Eh bien... ça va pas te plaire ! »

« Dis toujours ! »

« C'est de me faire beaucoup d'argent pour en dépenser beaucoup, pour acheter tout ce qui me plaît, pour me faire plaisir, me faire plaisir, me faire plaisir. » et elle baisse la tête, pourtant fière d'être honnête.

Pop reprend le souffle qu'elle achève en longueur et demande :

« Tu aimes l'argent ? »

« J'en sais rien. Je crois pas, je suis toujours à découvert, que j'aie un gros ou un petit salaire ! »

« Je te comprends. La vie est ainsi faite. La SOCIETE est ainsi faite. Mais parfois, et cela même avant de connaître l'œil du cœur, je suis terrorisé par ceux qui aiment thésauriser. L'argent pour l'argent, alors que tant de gens en manquent pour se nourrir, se vêtir, se guérir, s'établir ! Et comment tu le gagnes, ton argent ? »

« Aïe ! »

« Pardon ! Je voulais pas te faire mal ! »

« Aïe, aïe, aïe! Cette fois, c'est sûr, ça va pas te plaire ! »

« Tu fais du bien aux gens ou tu leur fais du mal ? »

« Disons que... pendant, je leur fais du bien, mais après... peut-être que certains se sentent encore plus seuls »

« Tu crois donc qu'il vaudrait mieux rien leur faire du tout ? »

« Non ! Je crois que non ! Ca les soulage de voir une fille nue ! »

« Oui, et quel corps magnifique ! »

Il n'a pas pu s'empêcher.

Mais en plus, il y a mis tellement de conviction, de pétillement dans les yeux, qu'elle comprend.

Elle se sent nue, jugée. Elle qui se joue de la pudeur devant un plateau de voyeurs, se couvre ici d'indécence en apprenant que l'œil vertueux de Pop l'a démasquée.

« Alors... tu m'as vue ? ! »

« Maïna. Je t'ai adorée comme une divinité. J'étais à tes pieds comme tu sembles l'être aux miens pour une autre raison. Permets mon admiration et je permets la tienne mais en des proportions respectables. Ne me prends pas pour un dieu. Et même si tu es une déesse de la beauté, je te verrai simplement comme LA fille qui fait de moi un homme heureux. »

LA fille qui fait de moi un homme heureux. Tu parles d'une déclaration d'amour ! Voilà ce qu'elle en a fait de ta déclaration d'amour : elle a tourné ses talons compensés, ses talons qu'on pensait qu'il la grandissait alors qu'elle a dit « d'accord » comme un enfant, comme un enfant qui prend soudain de l'assurance en pensant, l'air mesquin, qu'il n'en fera qu'à sa tête malgré son assentiment.

Elle est revenue s'asseoir à côté des autres comme si elle avait eu droit à quelque remarque d'un professeur. C'est tombé à plat ou a-t-elle esquivé ? C'est du pareil au même. C'est raté.

Il se sent sale et vieilli par tant de respect face à la simplicité de cette fille, juste, joyeuse, jeune et jolie. Ces quatre mots lui reviennent déjà à l'esprit et lui rappellent vraiment quelque chose. Il se souvient maintenant. Il sent presque sa présence. La vieille folle sur la bitte de mouillage. Pourquoi cette apparition, en pleine déception ? Sa voix lui dit encore « Je ne vois que ta laideur intérieure. Toi, tu me vois telle que je t'apparais : visible, vivante, vilaine et vieille. »

Voilà, c'est sûrement ce qui se passe pour Maïna. Elle voit Pop tel qu'il est. En effet il a perdu son élégance. Répandre l'amour a condamné chez lui son prurit de la coquetterie. Il s'est rendu à l'humilité jusque dans ses sapes. Son rasoir semble avoir rendu lame. Ses cheveux sont rendus aux épaules. Il a rendu son abonnement au club de gym. S'il s'était vu ainsi, quelques mois plus tôt, il aurait rendu sa bile.

Il se contente d'être propre.

La subjectivité de la beauté lui enseigne des évidences : le cadeau a l'importance des déchirures de l'emballage via l'empressement ; l'offrande connaît sa valeur dans le désintéressement du cérémonial ; l'amour pur s'accomplit sans atours. Mais il n'est aucune contre-indication à se repaître de l'enveloppe charnelle si elle fait concurrence loyale au cœur. Ah ! Maïna...

Pop les rejoint peu après
« Je ne suis pas un dieu »
Il se sert un jus de tomates pendant que s'écoule le jus de café (le jus de chaussette est évité).

« Et je suis encore moins un de ces dieux d'Homme. Ces dieux qui astreignent à la prière. Je ne suis même pas un meneur. Je ne promets pas non plus la vie éternelle à qui vient à moi. C'est d'ailleurs plus souvent moi qui vais aux autres, qui m'impose en apposant mes mains. Est-ce moral d'imposer l'amour ? Je suis comme un chasseur de haine insensible à cette question ; mais je ne sollicite aucun remerciement, je dédaigne tout objet de culte à mon effigie ; une fois mon aptitude transmise au genre humain, qu'il en jouisse en négligeant l'initiateur de cette aubaine ! C'est vraiment ce que j'attends ! »

Eva lève le doigt.

Complaisant, malgré lui, Pop rentre dans le jeu et lui accorde la parole.

« C'est quoi des dieux d'Homme ? »

« C'est tous ces dieux créés de toutes pièces, ainsi que leurs prétendues paroles, qui dictent les comportements prescrits et ceux interdits, et surtout là où l'Homme est ingénieux pour écraser et profiter de l'Homme sans avoir à utiliser la force c'est lorsqu'il insinue, toujours selon son dieu, la sentence en cas de désobéissance. Les flammes de l'enfer par exemple.

Après Maïna, dans un même élan, Lilian commence à lever son doigt. Mais il se rend compte de sa bêtise, réduit son geste et, dans la continuité, pour donner un sens à cette amorce, il se gratte une partie du visage Il se tourne alors vers Eva l'inspiratrice : « Que t'es con ! »

Il se reprend :

« Pop ! Dis-moi si tu sais, mais je supputais qu'une fois tous les hommes les femmes et les enfants ouverts à l'œil du cœur, une prise de conscience collective devrait entraîner la force nécessaire pour évincer le mal définitivement, et alors chaque œil bafoué devrait retrouver sa position initiale. »

« Suppute si tu peux mais je n'ai pas la réponse. Je suis indispensable, ça je le sais. Mais je suis comme un pion, l'instrument de je ne sais qui... Tant que cela semble une cause juste je n'ai pas de raison de m'y opposer. »

« En aurais-tu le pouvoir, seulement ? »

Cette phrase interrogative clôt la première partie de la réunion.

La deuxième partie part sur des chapeaux de roues. Tout le monde semble rouler dans le même sens et fait chauffer sa cafetière pour monter une cabale contre leur ennemi juré caché on ne sait où. Il s'agit bien entendu du xénophobe de la télé. Finalement ce jour là le plan défini est simple : d'abord glaner de nombreux renseignements sur les habitudes de ce monstre de pensée, sur ses mœurs et ses lieux favoris, ensuite aviser à la situation.

Toute unité à l'œil bandé et le cœur en bandoulière est propice à orienter, rancarder, renforcer, pour coincer Penleu (nom de l'ennemi recherché).

« Eva, avec Michel Jason ? J'te crois pas ! »

Quelques mois se sont déroulés comme un tapis rouge. Mais l'équipe a l'intention de le laver de cette couleur qui lui rappelle plus, en l'occurrence, la route du sang que celle de la gloire. Ils s'en tirent avec une information des plus intéressantes. Grâce à quelques langues bien pendues ils apprennent que Penleu fréquente de son appendice phallique les prostituées d'une certaine Madame Glloq (G, 2L, O, Q, n'est-ce pas un patronyme quelque peu prédisposé dans le cas de cette dame qui a, en plus, quelques heures de vol à son actif?). L'idéal serait d'y infiltrer une fille qui ne soit pas ouverte à l'œil du cœur et pas fermée aux jeux du risque et du commerce de son corps. L'idée est de lui envoyer une fille qui lui plaise, qui le mette en confiance, qui le rende accro, si possible, pour qu'il se laisse entraîner en d'autres lieux et là le caresser spécialement pour adoucir ses pensées.

Un non catégorique est exprimé par Maïna, et l'on sent bien qu'il est inutile de lui forcer la main. Elle a parfois vendu ses charmes, mais comme une fille de son métier veut prendre du plaisir un soir avec un homme plaisant, sans qu'il se fasse d'illusion! Il n'est donc pas envisageable qu'elle soit aux services de clients, choisis par Madame Glloq.

Pop est démesurément compréhensif...

Lilian concède.

Ils invitent Eva à se prononcer à son tour.

Elle est à ce moment-là en pleine introspection.

Elle se renfrogne. S'ensuit un rictus. Elle fait la lippe, et chacun est pendu à ses simagrées. Est-elle indécise? Complote-t-elle?

Elle demande une nuit de réflexion. Elle demande aussi à Lilian de ne pas l'influencer, de ne pas même lui adresser la parole jusqu'au lendemain.

Sa décision est finalement positive, et elle se rend chez Pop pour la lui annoncer.

Après maints « tocs » sur la porte, le coup de langue d'un chien mastoc lui fait rétracter ses fesses et hurler doublement lorsqu'elle voit l'animal. Au lieu d'enchérir, la bête, d'une espèce réputée agressive, colle son postérieur sur les carreaux frais du sol et dodeline de la tête, l'œil fondant. Pourquoi l'œil et non pas les yeux ? Parce que l'autre est retourné ! Eva s'évanouit.

Un tissu mouillé est posé sur ses yeux lorsqu'elle revient à elle et les ouvre. D'abord, la surprise de voir quelque chose de pas clair malgré une lumière filtrée, ensuite la conscience d'avoir pu être infiltrée... par l'œil du cœur. Elle est saisie d'effroi, transie de froid, et se redresse en position assise comme un robot brusque et rigide. Le voile tombe. Deux vieux, assis, rabougris et barrés aux visages, porte un œil circonspect à l'agitation d'Eva. Celle-ci, d'autant plus affolée, se lève et, plutôt qu'ôter les bandeaux pour confirmer ce qu'elle pense d'eux, elle transporte son inquiétude au pas trépidant dans les pièces de l'appartement en quête d'un miroir. Rien. Il n'y en a pas. C'est pas croyable ! Des gens sans miroir ! Ont-ils au moins une mémoire ?

Exaspérée et d'une voix excessive :

« Je voudrais me voir dans quelque chose qui réfléchisse. (En se faisant des oreilles de choux avec les mains) vous m'entendez ? (En mimant des jumelles avec ses mains et naviguant au plus près d'une tête à l'autre, accroupie pour être à leur hauteur) vous me voyez ? (Tournant une manivelle imaginaire à côté de sa tête) vous me comprenez ? »

Les vieux se regardent avec un sourire compatissant. La femme excite ses lèvres et chevrote :

« Nous n'avons plus besoin de miroir. Nous préférons nous voir à travers l'autre, dans son regard. Nous... »

Alors qu'elle n'arrête pas son discours, Maïna se prend la tête dans les mains et s'arrache les cheveux. C'est alors qu'un flash-back la ramène au moment où elle mime les jumelles. Elle recommence cela, mais cette fois elle ferme de temps à autre la main gauche en se dandinant comme la folle qu'elle a peur de devenir. Elle continue son manège, toujours accroupie, en tournant, faussement joyeuse, sur elle-même, pour apprécier les meubles (qu'elle n'aime pas d'ailleurs !), les murs (pas plus !), et, oh... le chien ! Sa gueule apparaît comme énorme dans les fausses jumelles d'Eva. Elle lâche tout ce qu'elle n'a pas et recule d'une chute en arrière.

La vieille n'ayant pas cessé son discours :

« C'est l'autre qui prend soin de l'un et vice versa. C'est le cœur qui dicte sa loi. On tend vers ça. Le chien est des nôtres. Il ne sait plus qu'aimer, même les voleurs et les agresseurs. Pop a exprimé le désir que nous épargnions les esprits fluctuants qui habitent ses amis. Ainsi sans vous laisser tomber nous vous avons laissée intacte et vous avons transportée pour vous ranimer. Vous n'êtes pas bien grosse mais ça n'a pas été aisé ! » Et ils se gaussent gentiment comme les gosses qu'ils furent avant.

Lorsque Pop avait frappé chez eux, malgré la terreur qui les terrait dans leur « trois pièces », ils avaient tremblé, ils avaient tourné le verrou, ils avaient entrouvert, et l'œil vif et charmeur de Pop en commercial de l'amour reconverti a fait le reste.

Parfois la curiosité offre un joli cadeau !

Eva évacue ce lieu, et son stress, en descendant mollement l'escalier.

Michel Jason la voit, alors qu'il s'engage dans la même partie d'escalier qu'elle. Il n'a pas encore son casque sur les oreilles, alors c'est pas le moment. Il vaut mieux ne pas s'arrêter, passer en trombe en l'ignorant et en espérant qu'elle ne le reconnaisse pas.

A peine l'a-t-il devancée : « Bonjour Michel, tu n'as pas vu Pop ce matin ? »

Un tressaillement, comme un vrombissement étouffé de moteur, propulse Michel Jason quelques marches plus bas. Il se rattrape tant bien que mal, autant sur les chevilles que sur les pieds, en s'accrochant à la rampe pour rester debout. Il en perd le casque qu'il s'apprêtait à positionner. Cette phase comique remet du baume à l'entêtement d'Eva qui le talonne lestement. Elle s'empare au passage de l'objet presque vital de ce presque « petit animal ».

Perturbé de ne pouvoir trouver refuge sous ses écouteurs, et pourtant habitué des lieux, il percute violemment la porte qu'il aurait dû tirer à lui au lieu de la pousser. Il se retrouve franchement par terre.

Les fesses encore au sol mais voyant Eva si proche, il étend son bras au plus long et au plus vite pour ouvrir la porte et glisse déjà son pied dans l'entrebâillement.

Eva valdingue à son tour mais aux pieds de Michel Jason qu'elle coince en retenant la porte des siens.

Dans des positions analogues, quoique lui doublement coincé, elle lui présente un fil noir au bout duquel pendouillent ces espèces de bouchons qui, tout en bouchant ses oreilles aux bruits extérieurs, ouvre ses envies à des extraversions passagères.

Il lui en faudrait d'autres dans les orifices auditifs et avec une musique motivante pour trouver le courage de s'en saisir, mais là il est paralysé.

« Alors, Michel Jason, on oublie son monde merveilleux ? »

Un effarement lui fait écarquiller les yeux, mais trouble son audition. Eva continue :

« Je peux t'en faire découvrir un autre de monde merveilleux ! »

Il est comme une bête affolée intérieurement, qui ne cherche pas à comprendre la situation mais reste à l'affût d'une faille pour s'échapper.

Lorsque Eva déboutonne son chemisier et l'écarte jusqu'à la naissance de ses mamelons tendus, il se croit pendu par les pieds avec la tête qui se rempli de sang.

Voyant loin devant lui, le coup bloqué, Michel Jason ne fait que deviner ce qui se passe à côté et sa paralysie atteint maintenant les organes. Son cœur semble prêt à donner un dernier coup de pompe, ses poumons à rendre un dernier souffle et c'est à se demander si sa cervelle n'est pas gagnée par la nécrose.

Eva fait pivoter vers elle ce genre de crâne évidé en le tirant délicatement par le menton puis elle effleure lascivement ses seins avec les écouteurs, sa langue pointant lentement et voluptueusement des intentions à faire pâlir d'impatience.

Michel Jason reconnaît alors dans sa main ce contact filiforme, quotidiennement éprouvé. Il n'a pas suivi la trajectoire de l'objet. Son attention était alors corrompue par le soyeux et la densité des objets de sa déliquescence. Mais ces fils semblent le court-circuiter et il reprend aussitôt du poil de la bête, ses écouteurs, et ses jambes à son cou !

Eva avait relâché la pression sur la porte pour ne pas le retenir plus longtemps. Il en a profité.

Michel Jason est doté de ce qu'on appelle communément un physique ingrat. Indéfini, disparate, il donne l'impression d'être un assemblage incohérent d'éléments inharmonieux. De sa peau à l'apparence visqueuse en passant par ses longs bras et ses jambes courtes, et d'un point de vue comportemental son indolence cohabitant avec son irritabilité, il n'incline pas à la sympathie sexuelle.

Avec son nez trop fin et ses sourcils trop épais, une agglomération de tâches et de grains poilus sur les joues et la surface de ses lèvres charnues et particulièrement lisses, façon matière plastique, heureusement sa personnalité effacée et sa taille anodine lui épargnent l'indiscrétion des curieux.

L'ovale prononcé de sa tête est disposé horizontalement et de minuscules oreilles pointent vraiment à chaque extrémité. De face comme de dos il a le profil d'un marteau. Ses cheveux ras radicalisent cette comparaison.

Toute cette description pour illustrer le défi et la détermination d'Eva dans sa perspective de coucher avec lui. Pour elle c'est l'occasion de tester ses capacités à copuler en faisant abstraction du physique.

L'excitation du projet « post-test » devrait lui donner des L à présenter par la suite à Mme Glloq pour lui prouver qu'elle aussi a le postérieur zélé !

Sans le courser, elle déambule en laissant faire le hasard. Si elle ne le croise plus aujourd'hui, ce sera demain. Il habite si près d'où elle crèche en ce moment qu'elle le reverra sans le vouloir, et si cela ne se faisait pas elle ne s'en plaindrait pas.

Eva voudrait comprendre, quand est-ce que les « bandeaux » convertissent les « non-bandeaux » puisqu'elle les voit sur les mêmes trottoirs, allant dans les mêmes directions, aussi bien dans des directions opposées, sans que jamais les uns ne s'occupent des autres ? Cela doit sûrement se faire dans la discrétion pour ne pas provoquer d'affolement et pour que chacun des « non-bandeaux » puisse croire qu'il en réchappera, lui, sa petite personne, s'il garde son naturel, s'il se fait petit plutôt que de se dresser contre ce punching-ball incontrôlable qui vous revient inévitablement dessus pour vous pocher l'œil !

Bien peu de personnes ont assisté à la façon d'opérer ou ils n'ont pas su voir quand cela s'est présenté, et la communauté encore vierge de témoignage regorge de ragots et de fables.

Des malins, en nombre croissant, s'ajustent un bandeau sur l'œil gauche dans l'espoir de se dérober. Mais ils sont toujours trahis par un comportement inadapté.

Les « bandeaux », dont certains dans l'urgence semblent avoir pris leur chiffon de ménage, ont le visage souriant mais ne répondent pas vraiment au sourire d'Eva, qui garde ses distances ; une poussière dans l'œil est si vite arrivée !

Ah ! L'un d'eux semble loucher sur les cuisses d'Eva. Comment le peut-il puisqu'il n'a qu'un œil braqué sur elle ? Il lui tend cet œil lubrique avec (enfin un !) le sourire qui va avec. Elle prend cela pour une invitation au voyage intérieur. C'est bien pour une invitation au voyage, mais à l'intérieur d'une voiture qui jusque là suivait au ralenti et qui s'arrête lorsque « l'œil lubrique » enserre énergiquement les jambes d'Eva d'une main, enserre sa taille de l'autre main, et la rentre rudement et prestement par la porte arrière, aidé par un acolyte.

Eva, tout en s'égosillant, a bien tenté de ralentir l'inéluctable aspiration grâce à ses bras toujours libres mais un mauvais coup de carrosserie au coude l'en a vite dissuadé tant l'impression de mutilation a été terrible.

Maintenue à bras le corps par les deux énergumènes heureux et fières de cette belle prise, Eva est gagnée rapidement par la terreur. Elle abandonne toute résistance, sous le rire hystérique du sous-fifre et le rictus sardonique du chef. Son regard hagard s'égare au hasard des peinards et des couards. Les peinards sont subordonnés à la non-violence, même dans l'éventualité d'une aide à fournir. De plus la rapidité de l'exécution ne leur a laissé d'évidence aucune alternative. Les couards, dans une telle crise de risque, ne vont en prendre aucun.

Ces deux conditions ouvrent une brèche béante pour la race des profiteurs.

Un sentiment, plus, une révélation, s'immisce entre la peur et la colère d'Eva : la misanthropie. Une misanthropie envoûtante. Une misanthropie débordante. Une misanthropie excitante. Une misanthropie comme une réminiscence. Un parallèle s'effectue, dans son cerveau à présent embourbé, entre la situation actuelle et des bribes de souvenirs de sa tendre enfance durement torturée. Une famille d'accueil admirable a bien effacé le superficiel des traces du traumatisme causé par des parents tortionnaires, mais, comme vous effacez à la gomme une trace de crayon à papier, si la mine a creusé vous n'enlèverez pas le sillon.

Ses yeux s'illuminent d'une furie dévastatrice. Elle fixe un frelon écrasé sur le pare-brise et que le conducteur n'a pas jugé indispensable de balayer avec l'essuie-glaces. Pourtant, il décale son buste et sa tête, assis presque sur une seule fesse, afin d'éviter cette gêne dans son champ de vision.

Eva donne l'impression de vouloir redonner vie à ce compagnon de sort, lui aussi victime de l'Homme. Elle va lui fournir la masse nécessaire, elle va lui prodiguer la force de briser la vitre, de transpercer cette traître de transparence, puis il pourra piquer à mort ses meurtriers, et de son poison ainsi exalté, elle et lui ainsi associés, ils ne se gratteront pas pour en gratifier les gredins du grand lit à baldaquin ; ceux du bordel entre terre et ciel !

Dans sa vengeance du jour, mâtinée par ses cauchemars du passé, Eva se perd beaucoup lorsque, incroyablement, ses hallucinations se réalisent. Le pare-brise éclate au visage du chauffeur. Celui-ci arrête brusquement le véhicule qu'il conduisait à petite vitesse, à cause d'un trafic relativement dense, puis il cherche à s'échapper par la portière dont la vitre explose à son tour, suivie des lunettes avec les machins globuleux qu'elles étaient sensées protéger !

L'insecte démolisseur se nomme Michel ! Comme Michel Jason ! C'est Michel Jason !

Il vient d'affaiblir le gang des triplets, d'un membre. Peut-être pas le plus viril, mais le plus utile. Difficile à présent pour les deux autres de fuir en emportant leur kidnappée. Et ils ne se sentent pas d'attaque pour affronter ce gars complètement marteau et muni d'une barre de fer particulièrement maniable. Ils ont déjà les oreilles qui chauffent alors ils prennent la poudre d'escampette avant de se voir réduits en poudre par ce jeune chef d'orchestre armé de sa lourde baguette, ce mélomane affublé d'un Walkman qui dirige de main de maître, azimuté, la libération d'Eva.

Eva, délivrée, marche hâtivement en entraînant Michel Jason par le bras sans avoir pris la peine de le renseigner sur leur destination, ni celle de le remercier. Elle est sur les nerfs mais cette agression lui a procuré une agressivité qu'elle compte utiliser de ce pas.

En tombant des mains de Michel Jason, le fracas de la barre de fer vient à peine de couvrir les sons exagérés qui fuient par les nombreuses issues entre les oreilles et les écouteurs. Eva reconnaît le best of des bandes originales des films « Rocky ». Voilà bien dans quoi il avait pêché son courage : le B.O. des B.O. des K.O. de Rocky Balboa. Bien « ouèje » ! Pour avoir une pêche d'enfer c'est le top ! Et pourtant, malgré toute la gaillardise qu'il a emmagasinée, sa timidité excessive reprend du terrain une fois au contact de cette fille (avec une autre, ç'eût sûrement été la même chose...).

A cette émotion se rajoute soudain un tremblement, qui n'est autre qu'un contre coup de la rage développée, de la peur refoulée, et de l'énergie dépensée pour agir aussi efficacement qu'il l'a fait.

Eva, incapable de lui transmettre une quelconque sérénité, lui propose un chewing-gum. Il ne refuse pas. Il n'accepte pas non plus. Il déglutit. Ca veut peut-être dire « Glup ! ». Et ça veut dire quoi « Glup ! » ? Ca veut dire oui ou quoi ? Va pour le chewing-gum dans la bouche et on verra plus tard ! Elle y enfonce la pâte élastique et le papier qui l'entoure. Pas le temps de ralentir pour déballer !

Il mastique ! Il ne sait pas trop quoi, mais il mastique !

Il mâche. Il marche. Insensiblement il se relâche.

Après ce qu'elle vient de vivre, Eva se méfie de la perfidie des signes qui la flattent. Alors, un feu qui cligne de son « piéton vert » et elle va traverser plus loin. Un gentil toutou qui la frôle en remuant la queue et elle se jette en avant en criant « Bouou... », ce qui ne manque pas de redonner un peu de nervosité à son partenaire pas fier. Un avertisseur sonore, des coups de sifflets, elle rentre la tête dans les épaules et accélère la cadence. Une

boîte, un paquet de cigarette au sol, elle les fait écraser du pied par Michel Jason ; des fois qu'ils seraient piégés !
(Pas très sympa, pas très logique, autant les laisser, mais c'est comme ça...)

Lui, rentre dans une amorce de réflexion malgré l'absence récente de son soutien musical. A quoi cela l'avance-t-il de suivre cette fille ? Le doute le raidit un peu plus et, alors qu'auparavant on eût pu penser qu'il suivait, à présent il ne fait aucun doute qu'il se fait traîner. Buste en arrière, jambes tendues, genoux verrouillés, il ne déroule plus le pied du talon à la pointe, il le claque à plat.

Ils font là un drôle de quadrupède discordant !

Devant la fermeté d'Eva, Michel Jason cède à des picotements épars sur le cuir chevelu, une rougeur sur les joues, un vacillement cérébral ; Le ridicule l'ébranle. Tout autour de lui est froid et trop présent. Tous les bruits tombent à plat dans une réalité glaçante. Les gouttes de pluie qui se font entendre depuis peu, les moteurs, les cris, les sonneries diverses, l'étourdissent. La clarté de cet environnement l'effraie. Il y est. Il y vit. C'est du vrai. C'est lui. Et à côté, trop près, c'est elle. Mi-fée, mi-vampire.

Eva l'a mené à son appartement qu'elle n'a réintégré que de rares fois depuis qu'elle vit chez Lilian. Il y a des situations comme ça, qui demanderaient une analyse, que les premiers concernés ne comprennent pas très bien mais n'en veulent pas tout comprendre non plus parce qu'ils y trouvent leur compte malgré tout.

Dans une chambre au décor inquiétant, où de nombreuses poupées sont pendues au plafond, corde au cou, avec l'entrejambes peint en rouge, Michel Jason n'est pas fier mais se laisse faire. Son introversion, mais aussi l'évidence de vivre une expérience qui ne lui était pas promise, lui lient les mains et lui scotchent la bouche. Un scénario sado-maso en quelque sorte !

Au moment où la bouche d'Eva, fleur ouverte offrant son stigmate, lui effleure les lèvres, les radiateurs produisent beaucoup trop de chaleur...

Eva constate l'effet mais ne s'attarde pas. Faudrait pas exagérer ! Elle n'est pas là pour donner du plaisir, mais pour se tester. Elle pousse l'épreuve jusqu'à ignorer l'hygiène à braver, éventuellement nauséabonde.

Elle déboutonne la chemise de Michel Jason en embrassant la partie haute du buste comportant généralement des muscles pectoraux... Elle lui mordille rapidement des mamelons bien présents, eux. Elle contourne quand même cette mollesse abdominale manifeste, dont le nombril est marqué comme une empreinte de doigt qu'une tonicité somnolente n'a pas encore comblée.

Aucune présence de poil n'est à souligner jusque là. Elle en vient à se demander s'il n'est pas totalement glabre et si sa langue ne va pas glisser d'un pubis lisse au pénis. Tel est le cas, et la petitesse du membre accroît l'angoisse d'Eva devant l'ambiguïté d'une telle position de par son écœurement envers la pédophilie qu'elle a malheureusement connue en tant que victime.

Elle doit se refaire et repense, pour la suite, son raisonnement. Il est jeune, mais adulte. Elle est sans tabou. Elle a une mission à remplir. Point final, sans s'interroger davantage, sans s'exclamer pour autant, sans virguler une phase qui doit s'avaler d'une traite pour supporter l'amertume.

Et là, Michel Jason fleure l'épanouissement.

Tellement, qu'Eva s'en inspire et grime sa grimace d'un grain de gaieté. Alors qu'il étire sa bouche jusqu'au sourire jubilatoire, qu'en son for intérieur une voie lactée le ramène à l'enveloppe maternelle, que les dents du bonheur mordent agréablement sa verge marrie d'avoir grandi d'un coup mais aussi bénie d'une bouche efficace bien qu'affectée, un sens étourdi lui fait perdre la tête. Et là, Michel Jason fleure l'étourdissement :

Boum badaboum ! Eva vacille aussi, entraînée le mors aux dents. Elle ne peut retenir un « Merde ! Fais gaffe ! ».

A peine le gant humide et froid lui recouvre-t-il le front, qu'il est ranimé par une blessure dans son amour propre ainsi qu'une brûlure à l'articulation d'une phalange déboîtée durant la chute et qu'Eva n'a raisonnablement pas tenté de remettre en place. Depuis ce jour et définitivement pour lui, la luxure n'amène que des luxations. Il laissera ça à ceux qui aiment braver le danger. Même douce comme la soie, la femme est un problème en soi.

Une fois rétabli, il reprend ses esprits, il tire sèchement sur son doigt sans manifester d'aucune façon sa douleur, il remet ses habits, et comme un bandit il se débine. Il pénètre dans le hall de son immeuble d'un coup de reins chaloupé pour éviter la porte coincée, comme souvent dans la journée, en position semi-ouverte, par un tapis. Il bouscule violemment, mais involontairement un Pop qui en perd son latin et son calepin. Malgré l'importance de quelques adresses contenues dans celui-ci dans le but d'aider l'équipe dans son affaire « Penleu », Pop s'intéresse avant tout au néo-phénomène, pressé et à moitié cinglé, qui vient de s'engouffrer dans l'ascenseur, aux portes en phase de fermeture.

Les gens changent, les temps changent, les temps sont hantés par les gens, les gens sont changés par le temps, les gens n'ont jamais le temps, le temps a toujours eu les gens.

Alors que Pop reste dans cette observation d'un genre aphorisme, l'excité a déjà échappé plusieurs fois sa clé avant de l'insérer dans la serrure, il a plongé dans son lit bardé de peluches, il a plissé les yeux pour se retenir, mais il a quand même laissé filer, avant les grandes eaux, un filet de larmes histoire de rendre les armes ; un cérémonial improvisé pour se constituer libéré de la condition hymen. Il n'en restera pas moins contrarié !

Une image lui traverse l'esprit mais trop rapidement pour qu'il s'en saisisse.

La revoilà. C'est un objet à la forme d'un cerf-volant. Difficile d'en dire plus car c'était encore un peu rapide.

Elle revient une fois de plus et se laisse prendre comme si c'était son point de chute : un revolver ! Cette fois, c'est clair !

C'est précisément le revolver que Michel Jason avait gardé lors de sa fuite, après l'avoir subtilisé à l'un des deux brigands qu'il poursuivait.

La puissance à l'état dur. Certains ont besoin d'arborer un gros cigare, dit-on, pour compenser une virilité déficiente, d'autres vont dégainer crosse et canon...

Il le récupère sous son matelas. Et s'il appliquait SA méthode ! S'il imposait SON son de cloche par-dessus tout. Il veut devenir un héros. Il a le potentiel dans la main. Il pourrait même devenir chef de bande. Et, à l'insu des « bandeaux », il éliminerait tous les méchants de la planète. Après ça, il serait idolâtré et les filles n'auraient des yeux que pour lui, et ce serait d'autant plus flatteur qu'il ne resterait que les meilleures (gentilles et intelligentes).

Pop, tout ce temps, dans le hall, s'est inquiété pour lui de son état psychologique. Avant d'avertir d'un coup de sonnette qu'il veut entrer, il espère un oubli, comme cela arrive parfois dans ces mélis-mélos moraux, et il actionne la poignée. Il a bien senti la chose ; Michel Jason n'est vraiment pas au mieux. Il entre donc à pas feutrés jusqu'à le rencontrer. Il est endormi, sur le dos, docile, dorloté par ses doudous, mais dans ce tableau attendrissant réside une anomalie. Cette arme au poing fermé de l'endormi incite Pop à entrer en action. Il s'approche et tend la main. Vite fait, bien fait, sans que celui-ci ne se réveille, il le caresse du front à la joue en passant par l'œil gauche. Quelques minutes plus tard, il n'a toujours pas réagi à la transformation. Elle va se faire en douceur pendant son sommeil et demain rien ne sera plus pareil.

« J'peux pas le sentir çui-là ! »
« Moi, c'est pareil ! »

Eva n'évacue pas la tension accumulée durant ces dernières heures ; elle l'épargne. Eva ne vante à quiconque ses épreuves subies ou infligées, qui de bas en haut l'écœurent : elle les soigne. Tout cela doit être conservé, entretenu, révisé, et destiné à déclencher l'insoumission qui lui donnera le courage de ne pas battre en retraite lors de sa mission.

Eva, vaille que vaille, est envoyée dans des cocktails mondains, des soirées underground, des réceptions jet set, partout où elle peut faire son trou, partout où elle peut faire ses preuves et où la rencontre avec Mme Glloq deviendra immanquable.

Après chacune de ces nuits agitées, son ego se nourrit des faiblesses des autres, son dégoût s'alourdit de la légèreté des êtres ; elle se sent entraînée dans une tourmente dont elle doit atteindre le cœur pour la calmer, un manège diabolique dont le centre où il faut qu'elle aille sera le lieu d'un exorcisme personnel aussi bien qu'humanitaire.

Sa vigueur, sa virtuosité et sa dévotion à la religion sexuelle lui bâtissent une renommée qui vient frapper naturellement à la porte de cette fameuse Mme…

Elles se rencontrent. Eva accepte sa proposition sous certaines conditions, dont la liberté de choix et des clients d'un rang social supérieur.

Eva ne vit plus avec Lilian depuis qu'elle a ce train de vie. Leurs rapports se bornent à des rencontres lors des rapports qu'elle rend aux réunions du groupe. En effet, son statut de femme publique obtenu, Lilian en profite pour prétexter se sentir diminué, noyé dans l'amas des passagers « gland-destin » que transporte Eva dans des voyages célestes aux confins de leurs fantasmes.

Eva est blessée, même si elle s'attendait à cette rupture. Une fois son appartement réintégré, Eva geint. Elle n'aurait pas cru cela possible ! Comment pleurer pour un homme qui vous manifeste plus d'écarts que d'égards ? Evasive, elle en vient à se demander si elle n'est pas attirée par les challenges impossibles, quitte à corser la difficulté pour se donner encore moins de chance ; pour se prouver, finalement, qu'elle n'est pas née pour le bonheur. Parfois les hommes l'empoignent sans qu'elle s'en plaigne ! Parfois des hommes elle répugne sans qu'elle comprenne ! Souvent elle est esseulée, déboussolée, mais jamais elle ne laisse sombrer les fragments rassemblés de sa personnalité.

Bon gré mal gré, Eva continue son petit bonhomme de chemin, sa petite bonne femme de tapin, et devient une amie de Mme Glloq qui lui présente enfin ce monsieur indésirable qui se faisait désirer ; preuve d'un dangereux manipulateur !

Ils semblent d'ailleurs très intimes puisque Mme Glloq attrape Penleu par le cou et lui dépose un baiser sur la bouche.

Le repas d'agrément auquel Eva est conviée lui permet de faire valoir ses avantages naturels tant dans son élégance que dans sa plastique. Penleu ne manque pas à l'appel de ces charmes et ne se plie pas à la démarche habituelle de passer par l'entremetteuse ; il lui propose directement un rendez-vous.

Leur première rencontre en face-à-face, dans une variante en fesses à fesses, est concluante.

Le groupe se réunit sans attendre pour étudier une stratégie. D'après Eva, une soirée très chaude est prévue en fin de semaine. Puisqu'elle ne connaît pas le lieu du déroulement, elle devra retenir l'itinéraire, durant le trajet, pour le leur téléphoner aussitôt arrivés. Ensuite, ils espèrent, naïvement, qu'elle l'entraînera dans la voiture pour fausser un instant compagnie aux allumés de la mèche, et qu'ils le coinceront là pour le neutraliser et le naturaliser « œil du cœur ».

Si Eva, ce jour-là, ne peut pas les joindre, dans le cas où le risque serait trop grand, elle abandonne cette idée et ils attendent une prochaine fois. Ils arriveront bien à le coincer un jour.

Lilian se renseigne du supplice qu'elle endure depuis peu et de sa capacité à tenir encore si cela se prolonge.

« T'en fais pas ! Plus ça dure, plus je m'endurcis ! Mais cette inquiétude te ressemble tellement peu que si je ne voyais pas ces deux ronds de mires qui biglent sur mon décolleté plongeant, je penserai que tu portes un bandeau. »

Ils n'en diront pas beaucoup plus.

Lilian doit trop secouer l'emblème de la justice, car un jour il se balance de cette fille, un jour il se relance dans sa conquête. Et c'est comme ça pour toutes les autres ; Maïna y comprise. Et cela désoriente sa gaule en quête du fruit défendu. Il n'est pas plus honnête en ce domaine qu'il ne l'a été dans celui d'avocat (par l'influence positive de son ami, les choses ont changé depuis). Il n'arrive pas à concevoir le partage, ni à baigner dans un assouvissement qui l'aiderait à considérer chaque nouvelle aventure comme une largesse adressée à titre particulier. Tellement d'hommes n'ont pas connu le centième de ses aventures ! Il n'arrive pas à concevoir que de toute façon il ne pourra jamais les *connaître* toutes, aussi bien celles qu'il voit que celles qu'il ne verra jamais. S'il admettait cette idée, il ne se rendrait pas malade de ne pas *avoir* telle ou telle fille ! C'est tellement puéril ! L'œil du cœur est peut-être la solution à son problème ! Mais il a peur ; le physique, bien sûr, mais aussi quelque chose d'autre comme... une soumission à l'amour. Et puis... et puis... un truc bizarre, inexplicable !

Maïna, en société, est pendue aux basques de Pop. Mais elle évite, avec lui, de former un couple isolé, depuis qu'un jour elle a eu la curiosité d'observer de plus près son œil retourné, après avoir insisté pour qu'il enlève son bandeau. Les vaisseaux rouges, qui occupent cette partie arrière de l'œil gauche, lui ont donné l'impression d'être animés comme des flammes menaçantes, contrastant méchamment avec l'œil droit éclairé, spécialement pour elle, d'une flamme passionnelle. Elle a même cru que des flammèches hostiles s'étaient introduites en elle pour la brûler à petit feu. A deux doigts de tourner de l'œil, elle s'est précipitée à la cuisine pour avaler un verre d'eau dont elle a, comme jamais auparavant, suivi et apprécié la coulée rafraîchissante dans son corps. Elle s'est excusée auprès de Pop et l'a abandonné sans plus d'explication. Constatant sa disparition, et persuadé qu'elle était tout simplement trop sensible pour un tel spectacle, il a quand même articulé à voix basse : « Je ne voulais pas ! Tu comprends pourquoi maintenant ! »

Le grand jour.
Ils sont escortés.
Eva tente de repérer les éléments les plus significatifs, pour guider ses complices jusqu'au lieu de la soirée très particulière à laquelle elle accompagne Penleu ; des panneaux indicateurs ; un nombre précis de routes avant de tourner à l'une d'elles, sur la gauche ou sur la droite ; une croix du Christ ; un pont par-dessus, un pont par-dessous ; mais c'est loin, et plus la nuit tombe moins c'est facile de trouver des repères ; d'autant qu'ils s'accumulent et que sa mémoire est limitée.
Ils entrent dans une petite cour à moitié garnie d'autres véhicules.
La lumière, tamisée par des rideaux de velours, de son rouge tirant sur l'incarnat donne le ton des échanges à venir.
Eva suit. Eva dit bonjour d'une poignée de main. Eva cherche les toilettes. Eva téléphone de son portable. Eva

donne toutes les indications mémorisées sachant pertinemment qu'il en manque et que certaines sont en vrac.

Penleu, méfiant, est à l'écoute derrière la porte. Il la démasque.

Elle est emmenée dans une pièce où le loisir de l'interroger appartient à l'homme qu'elle a tenté de tromper.

Pendant ce temps, Lilian, Maïna et Pop se perdent et font demi-tour.

- « Alors ! Qui sont tes amis ? »
- « Ils font partie de « l'œil du cœur » »
- « Et vous aviez l'intention de me convertir de force ? »
- « C'est leur idée ! Moi, ça m'occupe ! »
- « Ca t'occupe ? Le risque, la débauche, ça t'occupe ? »
- « La puanteur, de trop d'hommes et de femmes, s'imprègne sur des victimes comme moi. Alors, résignée, je me laisse ballotter. L'aventure me donne parfois l'illusion de vivre en héroïne, d'autres fois en malfaisante, ce qui est tout autant excitant pour moi, mais de vivre pour quelque chose un tant soit peu intéressant. »

Penleu voit en elle, justement, un intérêt particulier ! Il lui avoue être sur le point de tout laisser tomber. Quand on entre dans l'antre de la politique, malgré toutes les bonnes intentions de départ, comme l'intégrité, l'indépendance et le dévouement au citoyen, on se fait vite embrigader, aspirer par un courant malsain qui imprime la direction, sans alternative. Il se livre à Eva comme s'il en avait lourd sur le cœur. Elle et ses amis, lui confie-t-il, sont une occasion unique, pour lui faire quitter le circuit des déprimés sans subir de pression, de raillerie, de menace.

Etant donné que ses faits et gestes sont étroitement surveillés, il va devoir jouer serré pour leur faciliter la tâche lors de leur prochaine sortie de ce genre. Il leur fournira un plan de la route à suivre, et se prêtera à leur plan pour qu'ils lui administrent la correction salutaire et libératrice qu'il attend.

Cependant, une question lui titille le museau ; il se dit manipulé mais il garde le flair de l'homme méfiant :
- « Pourquoi, belle demoiselle, n'as-tu pas pris le wagon de l'œil du cœur ? N'y a-t-il que les moches qui y ont droit ? Parce qu'ils sont déjà plus ou moins défigurés ! Parce que seule la laideur appelle à la méchanceté ! »
- « Rien de tout ça ! Notre, entre guillemets, guide a besoin de quelques fidèles *clean* pour infiltrer des milieux hermétiques à des, toujours entre guillemets, mutants comme lui. »
- « Ce qui signifie que, de toute façon, tu dois y passer un jour ou l'autre ! » Lâche Penleu, incrédule.
- « On peut le voir comme ça ! » Répond Eva, évasive.

Donnant l'air satisfait, Penleu demande à ce qu'on raccompagne Eva, prétextant, auprès d'elle, ne plus être d'attaque, ce soir et pour toujours. Il veut méditer sur ce qui l'attend dans un futur qu'il veut proche, pour se dégager de la débauche et ouvrir sa vie de poche à une sur-dimension dans la vertu humaine.
- « Une dernière question... »
- « Oui ! »
- « Le jour de... Enfin, tu sais, les premières secondes... ça fait quoi comme sensation, exactement ? »
- « Il paraît que ça fait extrêmement mal quand on est très... très atteint, par le mal ! Et ça commence très tôt dans ce cas ! »

Eva est interrogée par la personne qui l'accompagne, à propos du comportement inhabituel de son leader politique ; un tel revirement ne lui ressemble pas, que ce soit dans ses idées comme dans ses envies.

« Eh bien ! » essaie Eva « Ce qu'il m'a confié, c'est comme de la confiture sur mes doigts ; ça colle, c'est désagréable, mais je ne vous les donnerai pas à lécher, mes doigts. Si vous voulez connaître le goût, allez directement au pot. » Après tout, il peut s'en sortir tout seul, l'autre ! Surtout qu'elle a peur de le trahir, par une réponse compromettante, auprès de cet individu trop indiscret pour être insoupçonnable.

Pop, Maïna et Lilian, sont informés de la tournure inespérée des événements, malgré un fiasco pour entrée en matière.

Leur réticence, à laquelle se lie Eva comme si elle venait de digérer la fiente d'une colombe plutôt qu'être éclairée par l'espoir de son envol, ne les empêchera pas, après un débat, pour la forme, de s'empêtrer jusqu'au cou pour tenter le coup. Cet homme est une trop grosse pointure pour écarter, d'un vulgaire coup de pied, une chance, aussi minime soit-elle, de frapper fort sur une figure médiatique qui commence à peser dans les sondages publics même s'il garde encore une majorité de détracteurs. La transfiguration, dont il devrait faire l'objet, éclatera aux yeux du pays et persuadera de nombreux sceptiques sur l'accueil à réserver à l'œil du cœur.

Le grand jour 2.

Le plan du trajet a été délivré par Penleu. Tout se passe comme convenu.

Sur place, les trois compères sont en embuscade non loin de la voiture dans laquelle Eva doit entraîner Penleu, pour qu'il se fasse prendre par surprise simulée, afin de convaincre les éventuels surveillants.

Ils arrivent. Ils s'installent sur les sièges avant. Lui sur le siège passager, elle sur l'autre. Eva, par l'intermédiaire du bouton de contact, descend la vitre côté Penleu, comme si elle avait trop chaud.

Le temps de se faire quelques papouilles, même pas celui de mettre la main à la grappe, et surgit de nulle part une main « vendangeresse » ; celle qui vient semer dans le fruit le trouble d'un vin de jouvence ; celle par qui on récolte ceux qui s'aiment, en eux et entre eux.

Touché, du front à la joue, en passant par l'œil, Penleu se rebiffe avec le temps de retard convenu. Il vocifère, il brasse de l'air, puis il se rétracte un instant, il semble s'assécher, il se recroqueville comme certains insectes se font boule. C'est alors (comme le tardigrade qui devient poussière comme on meurt, puis revient à la vie à la faveur de la pluie) que Penleu cherche à ouvrir ses mains plus qu'elles ne peuvent, qu'il écarte à l'excès ses bras et ses paupières, que de la rocaille se fait remuer au fond de sa gorge en prémices d'un hurlement.

Apeurée, Eva s'évade et rejoint les autres derrière un buisson. Leur satisfaction ne suffit pas à contenir leur stupéfaction. Il s'en faut de peu pour qu'ils ne se serrent fortement les uns aux autres. Les filles s'accrochent quand même aux bras de Lilian qui, absorbé par le spectacle, n'en fait pas de cas. Pop, lui, trop loin de Maïna, l'a particulièrement remarqué, et se défait déjà de ce qui va suivre. Paradoxalement à son statut d'homme paisible, il commence à se sentir habité par l'envie, l'envie de pouvoir, l'envie de pourvoir à ses envies quel qu'en soit le prix à faire payer...

Il recouvre rapidement ses esprits sains, et prend cette lubie, bien légitime en ces temps de disette sexuelle, pour une soupape de sécurité sans incidence.

Penleu sort à son tour de la voiture. Il se redresse, en gonflant la poitrine comme un gorille, regarde autour de lui comme s'il cherchait le responsable, puis, soudain, il frappe son œil gauche en y gardant la main collée et se dirige au pas de course et en hurlant, à l'intérieur de la maison.

Effet d'effarement ? Déjà la minute de silence avant « l'amor » ? Le glas d'une agonie est sous-entendu dans l'accalmie qui suit.

Brusquement, des cris surviennent. Un monstre débite de la chaire humaine de quelques peu chers humains. C'est l'idée qu'on s'en fait, dehors ! Sauf Pop, qui déjà s'apprête à quitter les lieux, le devoir accompli.

Des hommes et des femmes, encore léchés de lambeaux d'habits, surgissent par la porte principale, en débit irrégulier, comme un mille-pattes débité en tranches régulières et comportant chacune une paire de pattes. Ils courent en débandade en se tenant l'œil, gauche pour la plupart. D'autres, et personne ne le remarque, se tiennent l'œil droit.

Au bout de quelques minutes, le mille-pattes se reforme et se renferme dans son trou. Cet apaisement soudain, pèse sur les graviers de la cour qui gardent les marques de panique.

Eberlués, Eva, Lilian et Maïna emboîtent, cahin-caha, le pas de Pop. Pas la peine d'aller se présenter à la bête ! Dans sa nouvelle cage d'amour elle n'a plus besoin de dompteur.

« Raconte pas la fin, si tu la connais ! »

Cette aventure a rapproché les deux filles qui n'ont eu jusque là que des rapports, vicieux le jour de leur connaissance, visqueux le reste du temps. Leurs traits d'union ont donc été : Lilian dans leur début, puis Pop dans un rébus qui se déroule de leurs points communs jusqu'à l'affinité qu'elles viennent de déchiffrer dans les signes affectionnés qu'a laissé paraître leur solidarité face à un ennemi potentiellement dangereux.

Eva délaisse l'activité qui fut sienne durant cette mission, dès qu'elle se termine. Elle entraîne même Maïna à cesser son travail au peep show. Grâce aux nombreuses relations de leurs deux amis, elles vont se faire une nouvelle situation sociale.

Par une douce journée, elles se retrouvent sur une place de centre ville. En se faisant la bise pour se saluer, elles remarquent, chacune derrière l'épaule de l'autre, une affiche électorale pour un meeting de Penleu prévu dans deux jours.

Il ne possède pas de bandeau. C'est sans doute une vieille photo pour ne pas repousser les militants qui ne sont pas au courant de sa nouvelle personnalité. Un genre de piège, quoi !

Eva ne peut s'empêcher d'utiliser son rouge à lèvre pour ajuster un bandeau sur ce visage qu'elle a vu de trop prêt trop souvent. Pour ne pas mettre la puce à l'oreille de quelques méfiants qui ne se rendraient plus au meeting à cause de ça, Maïna déguise le Penleu, affiché de l'autre côté, d'un nez rouge. On pourra croire ainsi à des actes de plaisantins, tout bonnement, sans se gratter la tête à douter de l'intégrité du bonhomme.

Nul n'a eu de ses nouvelles depuis ce soir décisif.

Par précaution, elles jugent nécessaire d'informer Pop qui, lui, décide de se rendre sur place à la date indiquée.

Par la sérénité, la confiance, et la puissance morale qu'offre l'œil du cœur, on prend une assurance « risque tout » qui peut faire foncer les yeux fermés. C'est ainsi que Pop et sa petite troupe s'amènent à l'entrée de l'immense chapiteau, monté spécialement pour l'occasion.

Aucun barrage ne s'oppose à leur pénétration dans le cirque. Ils sont sur la piste du « loup gourou », dans la gueule du loup, au beau milieu des fidèles dont Lilian craint qu'ils ne soient pas maîtrisables en cas de détection de gars polluants ; sans oublier les filles !

Lilian : « Pop, si l'œil du cœur n'a pas pris sur lui, nous allons droit au suicide correctif ! Faisons demi-tour ! »

A ce moment, la vieille folle refait son apparition dans la mémoire de Pop, et elle lui ressort son jargon : « Je suis l'espoir dans lequel tu dois puiser toute l'énergie qui te sauvera du monde que tu connais. »

Pop s'imprègne sans comprendre vraiment. Il est planté, l'œil fixe et sévère, inébranlable. Il attend. Il attend l'apparition de ce diable de Penleu qui lui résiste, semble-t-il !

Lui, l'homme au bandeau, n'a pas peur de ces démunis d'amour ! Ils ne sont évidemment que de futurs convertis ! Mais pour ce faire, il faut percer le mystère de cet œil maintenu.

Maïna : « Je ne suis vraiment pas tranquille ! J'ai l'impression qu'ils nous regardent de travers ! »

Eva : « Tu vois ! Pourtant, on n'est pas habillé court, mais c'est toujours pour un manque de tissus qu'on nous matte ! »

Voilà qu'une acclamation tire tous les nez dans la direction de la scène.

Son costume sobre, le pesant de son pas et la discipline de sa démarche lui confèrent l'envergure d'un général désarmé, venant réquisitionner ses troupes. L'éclat artificiel de son sourire précède le brun de son teint facial effectivement dégagé, comme le craignait Pop. Ses cheveux poivre et sel en ordre, pour donner de la crédibilité à sa droiture, il assaisonne, il admoneste d'entrée de jeu ses concurrents à la présidentielle. L'effet sur la foule est une surmultipliée de tapage ; mélange d'encouragement, pour lui, et d'injures, pour les autres. Son discours n'est que dénigrement, incitation à la discrimination sociale, énumération des moyens pour le propulser au pouvoir, pour que SA gloire, après SA victoire, rejaillisse sur ses électeurs... En attendant, il leur crache aux visages des postillons dont ils se rafraîchissent en même temps qu'ils boivent ses paroles !

« Espèce d'imbéciles ! » Ne peut se retenir de crier Lilian à la cantonade. Immédiatement, quelques têtes de mal embouchés, aux oreilles bien débouchées, lui font front.

« Un cil ! Un cil ! C'est... j'ai... j'ai un cil dans l'œil ! » Se rattrape-t-il, dans un demi-tour sur lui-même, en posant une main sur celui-ci, d'œil.

Mais, une fois qu'il s'est retourné, il réutilise son œil, sans déjà plus se soucier de ses agresseurs visuels, pour considérer un groupe de grands lascars uniformisés, apparemment de la maison, et portant pourtant une bande en travers.

Lilian, Eva, Pop et Maïna, sont encerclés et conduits dans une longue caravane, couleur marron ; et Lilian craint qu'ils ramassent des châtaignes qui leur donnent de sales couleurs !

Obéissants, ils sont en crédit auprès de l'inconscience de Pop. Les filles pensent que si ces vigiles ont l'œil méchant, l'autre œil est si bien calfeutré sous le symbole actuel de l'amour qu'il doit réchauffer leur cœur. Il ne faut donc pas tenir compte de leur mauvaise apparence.

Un seul homme accompagne le quatuor à l'intérieur. Le reste se poste autour pour surveiller portes et fenêtres.

Lilian est le premier à risquer une parole :

« Vous êtes vraiment de l'œil du cœur ? »

L'individu reste rigide et sans voix ; solide sur sa station debout, pieds écartés, mains jointes au niveau du pubis et bras détendus.

Maître Lilian connaît bien l'ambiguïté des affaires de justice, les rebondissements à gérer à son avantage malgré la défaveur, les vérités qui crèvent les yeux mais qu'il faut masquer. Mais parfois, au contraire, un avocat de bonne foi peut se faire berner en beauté. Et là son instinct malin le titille. Il tient à éclaircir rapidement un détail.

Assis en face de Maïna, il lui fait d'abord signe des yeux qu'il faudra qu'elle déguerpisse devant le vigile. Ensuite, en jouant avec la direction de son index, et en le tapotant tantôt sur son nez tantôt discrètement sur son buste, il lui fait comprendre que lui, s'occupera du vigile pendant qu'elle, reviendra lui arracher son bandeau ; là, il fait le geste, en douce, de se griffer, le front, la paupière baissée, et la joue.

Maïna lui fait les gros yeux et une moue, tête basse, en signe de désapprobation.

Mais déjà Eva, qui avait vu ça, s'élance au devant du grand sot qui saute sur elle plus vite qu'elle ne l'imaginait. Lilian n'a pas le temps d'être surpris ; il agit comme convenu, mais se trouve à agripper le vigile qui, lui, agrippe Eva. Maïna prend vite conscience de la situation, et sait qu'elle doit prendre part à l'action dans le dixième de seconde, pour devancer l'intervention des autres, et pour, instantanément, racheter sa lâcheté !

Elle croit balayer, mais elle lacère, en fait, le crâne du vigile pour lui ôter son bandeau. La stupéfaction de l'un, l'embarras des autres : l'œil est bien du cœur, retourné comme il se doit !

Les trois curieux, déstabilisés, miment le retour au calme, tout en reculant devant l'assaut des vigiles, à la rescousse de leur collègue.

Mis à part celui au moral du trio, pas un coup n'a été porté !

Pop est sinistrement stoïque !

L'heure fut longue et angoissante, mais sûrement plus plaisante que les grimaces qui s'adjoignent à l'apparition de Penleu : « Je n'ai pas été trop long ? »

Lilian s'enhardit pour la seconde fois du jour : « Comment se fait-il... »

Mais Penleu lui coupe la parole, comme le bon politicien qu'il est !

« Oui ! Je sais... Les vigiles d'abord. Je vais vous expliquer ce que je n'ai pas compris ! Je les ai fait repousser par mes propres gardes du corps mais ils revenaient aussitôt, comme des chiens perdus à la recherche d'un autre maître. Vous entendez ! ? En moi ils ont reconnu leur maître. Ca me laisse penser qu'ils ne seront pas les derniers. Il y a une faille dans votre système, et je la découvrirai ! »

Lilian redouble : « Oui mais, comment se fait-il... »

Et de lui recouper la parole : « Pour mon œil ? »

Un temps de tri pour l'explication, et il reprend : « Vous connaissez le miroir ! On se voit dedans ! Eh bien, mon œil c'est pareil, il est en verre ! Ah ! Ah ! Ah... »

Maïna : « Mais il bouge... »

« C'est exact ! En fait, ce n'est pas vraiment du verre, et un système, obscur pour moi, le synchronise avec le valide. Le progrès, mes amis, le progrès. »

Eva vomit. C'est tout ce qu'elle a pu dire, maintenant, en revoyant ce qu'elle a pu faire avec lui, avant.

« Bonne façon, écœurante, d'ouvrir les hostilités ! Je vais donc poursuivre. Voyons jusqu'où mes toutous sont assujettis ! » Il leur intime l'ordre de retenir le trio et de lui rapprocher Pop : « Alors c'est toi, le grand chef de « l'œil du cœur », comme vous dites ! Tu m'as pas l'air très remuant, dis ! Comment t'as fait pour attacher tant de bandeaux ? »

Pop ouvre enfin la bouche, en regardant Penleu fixement : « Eh ! Bouledogue ! Tu connais l'effet boule de neige ? » Et il le pousse fortement jusqu'à déséquilibrer un vigile derrière lui, et un second qui s'affale sur une banquette en voulant éviter le premier.

Pop et Penleu bataillent fermement quelques secondes jusqu'à ce que Pop soit ceinturé par un des baraqués.

Penleu digère très mal cet affront, et tient immédiatement à lui faire voir de quel bois il se chauffe le cœur, lui. Il ouvre un des tiroirs du coin cuisine. Il place bien dans sa main le bout de branche qui fait le manche d'un tire-bouchon. Il cherche son angle de visée pour l'enfoncer bien au centre de l'œil. Lilian, Eva et Maïna sont immobilisés par des bras costauds, mais il n'est pas sûr qu'ils seraient intervenus en cas de liberté d'action, tant l'attitude de Pop est de plus en plus litigieuse. Ils assistent, hébétés !

L'activité cérébrale de Pop est en feu. Notamment sa mémoire qui ranime la vieille folle : « Plus je vais habiter tes pensées, plus tu vas connaître les miennes, et nous allons nous confondre pour allumer des flammes dans les cœurs. » Elle est en lui. Elle lui parle. Elle ne l'a jamais quitté. Elle le manipule. Il en prend conscience dans ce moment intensément grave. Mais il défie quand même Penleu et, d'une voix chevrotante, au timbre posté ici par l'enfer, il dégueule ces mots : « On ne rivalise pas avec moi. Je n'admets aucun manipulateur du mal pour son propre compte. Hors de ma vue, détritus ! Le tyran que tu es ne sait pas à quoi il s'attend s'il outrage le territoire du démon ! »

Les frissons paralysent Eva, Lilian, et Maïna. Ce n'est pas Pop. Où est-il ? Qui est-ce ? Ils savent mais ils n'osent se l'avouer. C'est dément !

Les vigiles, sous l'emprise de la folie, après avoir sondé l'espace environnant, de leur œil et de tous les côtés, ont fui l'endroit maléfique.

Penleu, après un réflexe de recul, se ressaisit d'orgueil et, avec un léger mouvement de vrille, pénètre l'objet torsadé dans l'œil impressionnant de la chose qui pensait l'effrayer de la sorte. Celle-ci hurle tous les maux de l'enfer, alors que Penleu lui extirpe le globe oculaire.

Ce dernier, son trophée devant sa trombine, présente ses excuses, au hasard des oreilles disponibles, en justifiant son acte : « Il avait le mauvais œil... »
Et il se libère dans un rire sarcastique.

Au moment de l'arrachement, dans tout le territoire où l'œil du cœur a mis des bandeaux, des scènes de violence éclatent, des accidents sont provoqués ; heureusement, tout est bref ; juste le temps de la reconversion ! Les victimes et la panique sont une dure mais inévitable transition pour ce retour à l'ordre absurde des choses !

Alors que le trio transi se ressaisit et ne traîne pas plus longtemps ici, Penleu réalise qu'il eût mieux valu pactiser avec le diable que se mesurer à lui, les yeux dans les yeux. A présent, pour se racheter, il pourra commettre les pires atrocités, jamais il ne sera pardonné. Sur un tel faux pas, la démence du maître de l'enfer n'accordera pas sa clémence au pitre de la terre.
Mais le destin de certains a beau basculer dans l'abîme, ils chercheront désespérément des prises tant que le fond n'aura pas reçu leur *splatch* !
Penleu s'en mord les doigts jusqu'au sang. Son œil est injecté de sang. En vrille, il enlève délicatement l'œil du tire-bouchon. Il ouvre un bout de table amovible, et le place au centre. Il tente alors une communion avec le démon par une humble méditation.

Une sensation d'inachevé et de lâcheté malmène Maïna. Avant de sortir, elle a remarqué la contraction sporadique et nerveuse d'une épaule de Pop. Il lui avait avoué et détaillé, lors d'une discussion où auto-dérision et décontraction étaient de bon ton, les tics qui le gênaient avant d'en être libéré par l'œil du cœur. Dans leur course folle, elle profite d'être en retrait pour rebrousser chemin sans alerter ses amis.
De retour à la caravane, elle n'hésite pas à y entrer, et toise une seconde Penleu, inconscient de sa présence, et

posant un œil sur la tablette. Incroyable ! C'est son œil de verre qu'il veut échanger ! Il prend l'autre, pourtant vide comme un ballon dégonflé, et s'apprête à le placer.

Ni un, ni deux, Maïna, plutôt qu'attendre une autre mauvaise surprise, se rue sur lui et lui assène un coup de poing sur le bras. Elle récupère l'œil, ne sait pas trop quoi en faire sur le moment, jusqu'à, finalement, le désintégrer dans le micro-onde de la caravane.

Penleu est avachi. Pop est allongé sur le sol. Les remords de Maïna lui étaient destinés avant tout. Elle ne s'est pas encore rapprochée de lui pour l'examiner, qu'une contraction nerveuse des fesses secoue le bassin de Pop, ainsi que se déclenchent des extensions spasmodiques de ses pieds. Maïna se mord très fort la lèvre inférieure en tournant plusieurs fois sur elle-même, comme une petite fille troublée par un espoir candide.

« Je pense que c'est plutôt bon signe ! » La rassure Lilian qui l'a rejointe, avec Eva.

« On va l'emmener directement dans une clinique, parce qu'avec la panique et la surcharge d'intervention des secours, on pourrait attendre longtemps ! »

Ils ont eu le temps de comprendre, en voyant l'état des rues et les gens poser leurs bandeaux, que les manigances du malin avaient pris fin.

Une partie de Pop a résisté à cette possession machiavélique qui tendaient à séduire par son bon fond, ou induire une méfiance relativement laxiste, et donc ne pas être combattu comme un fléau, même par ses opposants. Une partie de Pop a résisté pour que l'Homme ne soit pas noyé dans cette falsification, destinée à récupérer pour mieux façonner dans le mal. Une partie de Pop a résisté en épargnant, grâce à un amour lucide et perspicace, trois personnes qui comptaient ou vont compter dans sa vie, pour tout ce qu'elles ne savaient pas en elles, et pour leur aide dans cette victoire sur le crime.

Eva ne se jette pas dans les bras de Maïna de peur qu'un réconfort ne fasse imploser ses nerfs. Il est préférable que

Maïna extériorise sa nervosité en les aidant à acheminer leur blessé.

« Ce qui est sûr... » s'imprègne Eva devant cette solidarité qu'elle n'imaginait pas rencontrer un jour dans sa vie (dans Sa vie... à elle !) « ...c'est qu'on n'est pas prêts de se séparer ! ». Retenue par l'émotion, elle rajoute avec difficulté, comme pour elle-même, ces quelques mots : « Et ça, c'est trop beau ! »

« Chut ! Ca commence ! »	page 5
« Qu'est-ce qu'elle lui veut, elle ? »	page 11
« C'est bizarre, ça ! »	page 17
« On va la revoir, la métisse ? »	page 23
« J'étais sûr qu'il ferait ça ! »	page 29
« Revoilà Maïna ! J'te l'avais dit ! Une sacrée nana, celle là ! »	page 39
« Je comprends, maintenant ! »	page 51
« Hé, hé ! Y a même des flingues et du sang ! »	page 55
« Voilà une deuxième fille, ça s'complique ! » « Voilà du sexe, aussi ! »	page 63
« Ca, c'est moins fun ! »	page 83
« Ils savent pas c'qu'ils veulent ces deux, là ! »	page 89
« C'est une nuit propice à des rencontres ! »	page 97
« Tu les aimes bien ces flics ? »	page 105
« Si elle disait oui, il dirait pas non ! »	page 113
« Eva avec Michel Jason ? J'te crois pas ! »	page 123
« J'peux pas le sentir, çui-là ! » « Moi, c'est pareil ! »	page 139
« Raconte pas la fin, si tu la connais ! »	page 151

ISBN-13: 9782810603886
Dépôt légal : avril 2009